木戸の因縁裁き

大江戸番太郎事件帳 十六

特選時代小説

喜安幸夫

廣済堂文庫

目次

四ッ谷絵図
東京湾
品川
山手線
渋谷
東京
四ッ谷
新宿
中央線
上野
池袋
永井肥前守
永井若狭守
森川出羽守
陽光寺
北町
毘沙門天
岡部土佐守
永信寺
正覚寺
長安寺
お岩稲荷
安部摂津守
右馬横丁
長善寺（笹寺）
玉川上水
内藤駿河守
水番屋
玉川上水
甲州街道
大木戸
南伊賀町
忍原横丁
四ッ谷左門町
円通寺
日宗寺
四ッ谷左門町木戸
塩町三丁目
塩町二丁目
塩町三丁目
四ッ谷伝馬町三丁目
四ッ谷忍町
四ッ谷忍町
塩町二丁目
四ッ谷伝馬町三丁目
田安中納言
理性寺
内藤新宿
麦ヤ横丁
真福寺
永昌寺
安全寺
尼寺
知光院
龍昌寺
正應寺
法雲寺
全勝寺
全徳寺
松平摂津守
渾雲寺
自證院門前町
自證院（コブ寺）
西迎寺
養国寺
全長寺
善慶寺
道林寺
門前町
修行寺
合羽坂
板倉周防守
市ヶ谷谷町
安養寺
米倉丹後守
市ヶ谷片町

御駕籠町
龍谷寺
円応寺
表町
北町
谷町
宗福寺
南寺
松平佐渡守
仲町
鮫ヶ橋
戒行寺
西念寺
鮫ヶ橋谷町
真成院
安楽寺
愛染院
南
東
西
北
伊賀町
伊賀町
伊賀町
四ッ谷御門
四ッ谷伝馬町一丁目
四ッ谷伝馬町新一丁目
麹町十一丁目
大横丁
麹町十二丁目
麹町十三丁目
麹町十三丁目
四ッ谷伝馬町二丁目
四ッ谷伝馬町二丁目
竹町
麹町十一丁目
御箪笥町
御箪笥町
福寿院
伊賀町
伊賀町
御堀
四ッ谷塩町一丁目
伊賀町
四ッ谷塩町一丁目
了覚寺
十三丁目横丁
四ッ谷坂町
四ッ谷坂町
市ヶ谷本村町
法光寺
市ヶ谷本村町
市ヶ谷本村町
尾張徳川家上屋敷
市ヶ谷八幡町
市ヶ谷八幡宮
木戸
自身番
一丁＝約109メートル
一丁
五丁

この作品は廣済堂文庫のために書下ろされました。

見ていた男

一

　その男を、

「どうもみょうですよ」

　話す口調が、表情も含め深刻さを秘めていた。街道おもての清次《せいじ》が、冷酒の入ったチロリを提げ四ツ谷《よつや》左門町《さもんちょう》の木戸番小屋に上がりこんだのは、その日の深夜になってからだった。木戸番人の杢之助《もくのすけ》が大山詣《おおやままい》りから帰ってきてすでに一月《ひとつき》ほどを経た、天保四年（一八三三）の葉月《はづき》（八月）なかばのことである。昼間、おもてで町内の住人とかわす挨拶も、

「――もう秋の風だねえ」

「――ひところのあの暑さが懐かしいよ」

などと言いはじめている。そうした町の住人が寝静まり、いま明かりが灯《とも》っているのは、左門町の通りからおもての甲州街道への出入り口になる木戸番小屋だけとなっている。

「ほう、おめえも感覚を研ぎ澄ますようになったかい」

「研ぎ澄ますって、そんなんじゃありやせん。佐市郎《さいちろう》親方のことを……勘といいやしょうか、そう感じたから言ってるんでさ」

「おかしいじゃねえか。いつも儂《わし》に取り越し苦労だの、気のまわし過ぎだのと意見しているおめえのほうから、そのようなことを切り出すたあ」

「ま、そうでやすが」

清次は照れるように言ったが、やはり目は真剣だった。二人とも一息つくように湯呑みを口に運び、盆に戻してコトリと音を立てたのが、ことさら大きく聞こえた。あたりに物音はなく、ときおり聞こえるのは風の音ばかりである。

灯芯一本の明かりのなかに、ふたたび低声《こごえ》がすり切れ畳の上を這《は》った。杢之助も、清次の真剣な表情を見ては気にしないわけにはいかない。

「ま、どんな小さな火の粉でも、ほっときゃあ大火にならぬとも限らんからなあ」

「へえ。その鍵が、いま店を手伝ってくれてるおサヨかもしれねえとなれば、なおさらで」

二人とも、冷酒の入った湯呑みをまた呷《あお》った。喉が渇くのだ。これまでなら、どんな些細《ささい》な変化も見落とさなかった杢之助に、

「――そら、また始まった。杢之助さんの取り越し苦労が」

と、清次がたしなめるのが常だった。それを清次のほうから話し出すなど、これまでなかったことである。

「――ん？」

と、清次が首をかしげたのは、きょうのことなのだ。

清次の居酒屋を手伝っているおミネが朝から腹痛を起こし、長屋で寝込んでしまったのを清次の女房の志乃《しの》がつき添って医者へつれて行き、戻ってきたのは午前《ひるまえ》で昼の書き入れ時に間に合ったが、たまたま店はいつもより早く混み合っていた。普段なら志乃とおミネが店に出ているのだが、きょうは志乃一人で手が足りなくなり、

「――そんなら、あたいが」

と、おサヨが板場から店のほうへ出た。店には、荷運び屋の佐市郎が飯台《めしだい》の樽椅子《たるいす》に腰掛けていた。清次が疑念を持ったのは、そのときである。まだ疑念というよりも、軽い興味といった程度だった。だが考えれば、

（なにかある）

疑惑に思わざるを得なかったのである。

おコマとおサヨの母娘が左門町に越してきたのはこの夏の初め、今年の大山講は誰が引き当てるかとそろそろ話題になりはじめたころで、かれこれ四月《よつき》ほど前のことになる。左門町の通りの中ほどにある湯屋の向かいの枝道を入った長屋で、おミネが住んでいる木戸番小屋の奥にある長屋とおなじ九尺二間の造りだ。母親のおコマは年行《としゆ》きならおミネとおなじ三十路《みそじ》に数年を重ねたほどで、若さを保とうとしているおミネにくらべ、うらぶれた感じで女の子の手を引くようすは憐れを誘うものであった。娘のおサヨは十二歳でかわいらしい目鼻立ちをしているが、越してきたその日から長屋の住人たちが、

「――まあ、大変ねえ。なんとかしてやらなくっちゃ」

などと言っていたように、奉公に出たり同い年の子と走りまわったりできる体ではなかった。おコマは、

「――五年前でした。大八車に撥《は》ねられ、左足を車輪に轢《ひ》かれて骨を折ってしまったのです。そのときの手当てが悪く……。大八車はそのまま逃げてしまい、治療費を取ることもできず……」

話していた。左足が脛《すね》の下から曲がり、膝を折って座っても足首が横にはみ出し、歩くときは体を斜めに振りながら地面に波型の線を引いていた。しかも彫金師だった亭主は二年前、病死してしまったという。おサヨを一人家に残して外へ働きに出ることもできず蓄えも底をつき、自宅でほそぼそと針仕事をしながら口を糊《こ》していたが、住んでいた音羽町《おとわまち》の家は亭主が生きていたころからの借家ですぐに家賃が払えなくなり、返すあてのない借金をするよりもと左門町の裏店《うらだな》に越してきたのだという。

長屋住まいはそれぞれが薄い壁で仕切られていても一つ屋根で、共同の井戸に共同の雪隠《せっちん》を使い、日ごろから炊事、洗濯、味噌、醤油にいたるまで互いに融通しあい、ともに世話を焼き支え合いながら日々を送っている。子供がおれば長屋全体の子のように育て、もちろん年寄りに対してもおなじである。新たに越してきた者も、そうした助け合いの例外ではない。だから長屋住まいの町衆は明日の米がなくても、なんとかやっていけるのだ。

さっそく長屋の住人たちは、

「——うちにネ、縫い物の上手な人がいるんだよ。裁縫物はもちろん、ちょっとした継ぎ当てでも頼んでやっておくれよ」

と、左門町から隣町の忍原《おしはら》横丁、街道筋向かいの麦ヤ横丁にまで触れてまわり、お

コマに少ないながらも日銭《ひぜに》が稼げる段取りをしてやり、

「――おサヨちゃんも十二歳だ。普通なら奉公に出てもおかしかねえ年ごろだ。少しでもおふくろさんを助けてやんねえ」

と、足が不自由でも働けるところがないか探した。当然、こうした助け合いの話は木戸番人の杢之助のところにも入る。おコマがおサヨをつれ、これからいつも通ることになる木戸の番小屋へ挨拶に来たときも、杢之助は住人に言われるまでもなく左門町へ越してきた事情を聞き、おサヨの姿も直接見て、

「――おうおう、町《うち》の一坊より二つ上か」

目を細め、

（――なんとかこの町でうまくやっていければいいが）

気にかけたものである。もちろんその場だけの同情といったような薄いものではない。杢之助の言った〝町《うち》の一坊〟とは木戸番小屋奥の、おミネの子の太一である。今年十歳になる。おミネは湯屋向かいの長屋におコマの母娘が越してきたとき、

「――あら、似てるわねえ。男の子と女の子の違いはあっても、うちとおなじ。でも女の子のほうが大変かしら」

と、親近感を見せたものだった。おコマも越してきた町内に、似た母子がいて安心

したようだった。饅頭《まんじゅう》職人だったおミネの亭主は太一が赤子のときに病死し、子供が小さかったことを思えば、おミネのほうが大変だったかもしれない。

「――店《うち》へ来てみないか。そう多くは出せないが」

と、おミネから話を聞き、声をかけたのが清次だった。奥の洗い場と菜切りなどの手伝いである。居酒屋はいつも客が入っているわけではないが、朝から昼八ツ（およそ午後二時）まで板場は清次一人で、午後からは手習いから戻った太一が奥の洗い場に入って皿洗いをし、菜切りの手伝いもしている。それまでのつなぎにどうかというのである。おなじ町内で仕事の時間も短く、一カ所に座ってする仕事なのでおサヨにもできる。それよりも、

「――きっとおサヨちゃん、おふくろさんの手伝いをしているって気分になり、日々の生活に自信が持てるようになりますよ」

おミネは言っていた。太一がまさにそうなのだ。そうした町内の暖かさにおコマは泣き、おサヨは、

「――わあ、あたいでも働けるの！」

喜びを顔にあらわし、おコマも縫い物の届けに出たときなど木戸番小屋に寄り、

「――この町に越してきてから、おサヨはすっかり明るくなりました」

と、笑みを見せていた。おサヨが朝方に左門町の通りを出て清次の居酒屋へ通う姿はすっかり町の一つの風景となり、太一が杢之助を〝杢のおじちゃん〟と呼ぶのをまね、〝杢のおじさん〟と行き帰りに木戸番小屋へ声を入れるのも、杢之助の新たな楽しみとなっていた。

「おうおう。太一が戻るまで、しっかり働いてきねえ」

きょうも開け放した木戸番小屋の腰高障子に顔をのぞかせたおサヨへ、杢之助は目を細めたものである。

ところが清次は、夜更けてから冷酒のチロリを手に木戸番小屋のすり切れ畳に上がり、〝どうもみょうですよ〟などと、四十を過ぎた額《ひたい》に皺《しわ》を寄せたのである。

二

きょうの午《ひる》、店がいつになく早い時分から混みはじめたのは、たまたま昼を摂《と》る荷運び人足や駕籠《かご》舁《か》き、行商人たちが重なったせいだろう。居酒屋といっても清次の店は早朝から軒端《のきば》に縁台を出して一杯三文の茶も出せば、午《ひる》には昼めし、夕刻近くになれば酒も夕めしも用意し、街道の往来人には重宝な商いをしている。左門町の木戸から街道へ出てすぐ東へ一軒目がそれで、裏手が杢之助のいる木戸番小屋と背中合わせになり、木戸を閉めても裏庭から互いに行き来できる造作になっている。

杢之助はおもての繁盛に気づかず、

「どうだったい具合は。大事なければいいのだが」

と、医者から戻ったばかりのおミネを見舞いに長屋へ足を運んだ。もっとも、おもての店が混み合っても、五十路《いそじ》をとっくに過ぎ白髪の混じった髷《まげ》も小さくなった杢之助では、手伝いのしようがないのだが。

長屋の路地に入ると、おなじ長屋の大工の女房が留守のあいだに掃除をし、帰ってきたらすぐ床につけるようにと蒲団まで敷きなおしていた。病状は疲れからくる胃のさしこみで、医者の調合した薬湯《やくとう》を飲み二日も寝ておれば治るとのことだったらしい。

おミネは蒲団から上体を起こし、

「おサヨちゃんが来てくれていて、ホントあたしも気が休まりますよう」

「ま、きょうあすは仕事を忘れ、ゆっくり養生しねえ」

杢之助が一安心を得ているときだった。

「おうおう、まだかい。焼き魚の大きいの、もう焼けてるんだろが。いい匂いがここまで漂ってきてるぜ」

志乃がさっき入った客の注文を聞いている横で、職人風の客が催促した。清次が焼き魚を皿に盛ったところだ。

「そんなら、あたいが」

調理台のすぐ横の洗い場にいたおサヨがヒョコリと立ち上がり、皿を両手で支え店場に出たのだ。

「あらあら、おサヨちゃん。気をつけて」

志乃が言うと、待っていた職人風の客が、

「おっ、おめえ。そんな足で、ひっくり返るなよ。おうおう、旨《うま》そうにこんがり焼けてやがる。ありがたくいただくぜ」

顔に似合わない笑顔でおサヨから皿を受け取った。周囲の目がおサヨに向けられ、

(ほう、こんな娘《こ》が。頑張ってるな)

どの視線も柔らかだった。おサヨが人に好感を与える、愛らしい顔つきだったからかもしれない。だが、そのなかに一人、

「あ、姐《ねえ》さん。急用を思い出した。さっきの、取消しだ。すまねえ」

不意に立ち上がって外へ出た客がいた。それが佐市郎だった。顔をそむけて声だけを志乃にかけ、

（まるでその場を逃げるように）

　素早く店の外へ出た。

　その一部始終を、清次は見ていた。忙しいとき、清次は包丁に専念し店場のほうへ顔を出すことはない。だが、焼き魚の皿を支えて店場に運んだのはおサヨだ。清次は包丁の手をしばしとめ、板場から顔をのぞかせおサヨのうしろ姿を見守った。その視界に、佐市郎が入っていたのだ。

　佐市郎が四ツ谷伝馬町《でんまちょう》によろず荷運びの看板を掲げたのは、三年ほど前のことになる。看板といってもその場で物を商《あきな》う商舗《みせ》ではなく、街道から枝道に入り、狭い往還《おうかん》に面して大八車が三台ほど窮屈に置ける物置のようなところで、いたって殺風景で簡素な店構えだ。

　四ツ谷左門町は甲州街道へ出る枝道の町家で、町の木戸から左手の西方向へ五、六丁（およそ六百米《メートル》）も進めば四ツ谷大木戸があり、それを抜ければ甲州街道最初の宿駅となる内藤新宿《ないとうしんじゅく》の街並みがつづき、右手の東方向へ歩けば十七、八丁（およそ二粁《キロ》）で江戸城外濠《そとぼり》の四ツ谷御門に行きあたる。伝馬町はその外濠に突きあたる手前の左手、つまり街道の北側一帯の町である。

　伝馬町といえば日本橋の大伝馬町や小伝馬町と混同されやすいが、島原ノ乱のとき幕府軍の荷運びに功績のあった日本橋大伝馬町の棟梁たちがこの土地を拝領し、そのときに四ツ谷伝馬町の名がつけられた。

だが、最初はこの地で大八車や馬で荷運び屋をやっていても、島原ノ乱からかれこれ二百年が経つ。多くは街道に面した立地から飲食をはじめ、物を商《あきな》う家具屋や古着屋などにさま変わりし、荷運び屋はなくなっていた。そこへ佐市郎がお里帰りのように丸に市の字を入れた看板を掲げ、枝道の一角とはいえ荷運び屋を始めたのだから、

「おっ、あんたとこのご先祖、この町の出かい」

と、界隈ではずいぶん評判になったものだった。もちろん佐市郎が二百年も前のころの末裔《まつえい》かどうかは本人も知らない。たぶん関係はないだろう。最初は一人で大八車一台から始めたのだが、人物の真面目さや仕事の確実さなどで顧客をつぎつぎと増やし、三年後のいまでは大八車を三台も置き、人足も常時数人雇って親方と呼ばれるまでになっていた。商いは四ツ谷の甲州街道沿いを縄張にし、清次の居酒屋の常連客ともなり、左門町の木戸番人の杢之助とも顔見知りになっていた。年行きなら清次よりすこし若いか四十路《よそじ》にそろそろとどこうかといったくらいで、体軀《たいく》は強健そのもので顔相にも親方と呼ばれるにふさわしい押し出しのよさがあった。

これまでに清次の居酒屋で、仕事帰りの一杯を軽くひっかけながら語ったところに

よれば、

「――四谷伝馬町に看板を出させてもらう前は、おなじ江戸府内ですが十代のころから雇われ人足をしておりやして、もちろんガキのころも車の後押しばかりで……」

今日まで荷運び一筋にやってきたそうだ。

それが四十路近くになってようやく自分の大八車を持ち、それを笑いながら言う背景には、長年雇い主からも信頼され、真面目な働きぶりと崩れない生活ぶりのあったことが偲《しの》ばれる。いまなお忙しいときには通いの飯炊きの爺さんに店番をさせ、自分も大八車の軛《くびき》をつかんで町を走っているのだから、人足たちからも大いに慕われ、そうした場を清次も杢之助も実際に見て知っている。

その佐市郎の来ているのが、板場からのぞいた視界に入ったとき、

（おっ、丸市の親方。あとでちょいと挨拶を）

清次は思い、そのときだったのだ。佐市郎が志乃へ不意に声をかけ、そそくさと樽椅子を立ち、顔をそむけたまま暖簾をくぐって街道へ出て行ったのは……。大八車の急ぐような車輪の音も聞こえた。

「ん？」

その挙措《きょそ》には、首をひねらざるを得なかった。

「——おめえ。そんな足で」

職人風の男の声が聞こえたとき佐市郎は顔を上げたのだ。その目にはおサヨの姿が入ったことだろう。佐市郎の逃げるような所作があったのは、それがきっかけになったとしか思えないのである。


昼の書き入れ時が終わり、昼八ツ（およそ午後二時）の鐘が聞こえ、

「杢のおじちゃーん」

太一が麦ヤ横丁の手習い処から大きな声とともに帰ってくるなり、いつもなら手習い道具を木戸番小屋のすり切れ畳にほうり置き、

「——おっ母アを手伝ってくらあ」

おもてに引き返し清次の居酒屋に飛びこむのだが、きょうは、

「おっ母ア、どうだった。見てくらあ」

声だけを木戸番小屋に入れ、手習い道具を持ったまま横手の路地へ走りこんだ。

すぐに出てきた。

「もう起きてたよ。この分なら、きょうの夕方には店に出られるって」

嬉しそうにまた声だけを木戸番小屋に入れ、おもての居酒屋に走った。

「おサヨねえちゃん、こうたい、交替。あとはおいらに任しときな」

このあとすぐ太一は、洗い場に座りこんでいるおサヨに声をかけるはずだ。もうかけているかもしれない。おサヨはヒョコリと立ち上がっていようか。その場面を想像しながら、杢之助はすり切れ畳から腰を浮かせた。おミネをもう一度見舞いに行こうとしたのだ。

「杢のおじさーん、それじゃまた」

おサヨが腰高障子の桟に体を支えるように手をかけ、木戸番小屋に声を入れた。

「おぉ、おサヨちゃん。もう帰りかい。このあとまたおっ母さんの手伝いか。大変だなあ」

「ううん。あたい、針仕事もけっこう好きなほうだから」

「おう、頑張りねえ」

上げた腰が、おサヨを見送るかたちになった。左右に体を振って歩くうしろ姿に、

（頑張りねえ。町の者、みんな家族だからよお）

胸中で杢之助は声をかけ、三和土《たたき》に下ろした足に下駄をつっかけ、奥の長屋へ向かった。

「あらあ、杢さん。また見舞いかえ。おミネさんならもう心配ないみたい。ホントよ

かったよう」

路地で大工の女房が声をかけてきた。

「さっきのぞいたらさあ、もう起き上がって」

「あ、。そうらしいねえ」

杢之助は返し、

「どうだい、具合は」

声と一緒に腰高障子を引き開けると、

「あら、杢之助さん。また来てくれたんですねえ」

おミネは実際に起き上がり、蒲団もたたんで部屋の掃除をしていた。

「大丈夫かい。医者から薬湯を調合してもらったばかりだのに」

「嬉しいですよう、心配してもらって。でも、おかげさまでこのとおり」

三和土《たたき》に立ったまま言う杢之助に、おミネは箒《ほうき》を持った手をとめその場で足を軽く踏み鳴らした。

「無理してるんじゃないのかい。強がり言ってねえで」

「そうですよ。きょうはゆっくり休みなさいな」

不意に背後から杢之助の言葉を引き取るように言ったのは志乃だった。おミネがきょう夕方にも仕事に出ると言っていたと太一が話し、無理しないようにと話しに来たのだ。

「でもぉ」

「大丈夫よ、きょう一日くらいは。ね、しっかり休んで、あしたはまたようすを見ましょう。そおそお、もう起きられるんなら、夕飯のときだけおいでなさいな。太一ちゃんも一緒に食べれば」

ありがたい言葉である。念を押すように言うと志乃はすぐに帰った。もう四十路か少し浅黒いが肉付きがよくふんわりした容貌には、優しさと店を切り盛りしている貫禄が示されている。

『おめえには過ぎた女房だぜ』

杢之助は清次にいつも言っているが、それは志乃のしっかりした性格にもよるが、ほかにもまだ理由はある。

「そうさせてもらいねえ。大事な体なんだからよう」

杢之助は言い残し、木戸番小屋に戻ってすり切れ畳に腰を下ろしてすぐだった。清次が志乃と入れ替わるように、

「杢さん、いなさるかい」

「おや、これはおもての清次旦那」

半分開いたままの腰高障子を引き開け、杢之助は腰の低い言いようで迎えた。杢之助と清次のもの言いは、昼と夜とではまるで異なる。清次は街道おもてに暖簾を張る左門町の旦那衆の一人であり、杢之助は町から雇われている身寄りのない木戸番人に過ぎない。周囲に町の目も耳もある昼間、二人のもの言いはそれにふさわしいものとなっている。

清次はうしろ手でまた腰高障子を半分ほど閉め、すり切れ畳に腰を下ろした。木戸番小屋の番人は月々の給金ではやっていけないため、いずれの木戸番人もいくばくかの日銭を稼ぐため荒物や子供相手の駄菓子を売っている。どこの町内でも、おコマが長屋の住人の助けで量は少なくてもすぐ縫い物の仕事が入ったように、町の者も日ごろから町内で間に合う物は町内で済ませるようにしている。便利さもあるが、これも町々の無意識の互助の精神であろう。

すり切れ畳にならべた柄杓《ひしゃく》や桶《おけ》などの荒物を杢之助は胡坐《あぐら》を組んだまま手で押しのけ、清次の座る場をつくった。

「いえね、丸市の佐市郎親方のことですがね」

「なにかあったのかい」

腰を下ろし、額《ひたい》を近づけると二人のもの言いは本来の姿に戻った。外から見れば、おもての居酒屋の旦那が店の暇を見つけてぶらりと木戸番小屋に立ち寄り、世間話でもしている風情で、そこになんの違和感もない。町内の隠居が木戸番小屋に上がりこみ、杢之助と世間話などしていくのはよくあることで、そうした姿は町の日常の風物詩でもあるのだ。

だが、杢之助と清次が話している内容は、外にまでは聞こえない。清次が佐市郎への疑念を口にしようとしたのはこのときである。

しかしそこへ、

「おや、清次旦那。ここで酒より油など売ってなさったか」

半開きの腰高障子の音と一緒に、町内のおかみさんの声が入ってきた。

「手桶を一つちょうだいな」

敷居をまたぎ、三和土に立った。清次は話を中断し、

「それじゃ杢さん、またあとで」

「へえ、心得ましたでございます」

腰を上げ、外へ出る清次に杢之助は返し、不意に来た町内のおかみさんには、

「いえね、おサヨちゃんのこと。この通りで転んだりしないように、ここからも気を

つけてやってくれと頼まれましてね」

「あ、おサヨちゃんね。清次旦那もお志乃さんも、よく面倒見てなさるっていうじゃないか。ホント、おコマさんじゃないけど、ありがたいことだよ」

おかみさんは、どんな些細なできごとでも、町全体のことのように捉えている。

清次が冷酒のチロリを提げてふたたび木戸番小屋のすり切れ畳に腰を据え、〝どうもみょうですよ〟と額に皺を寄せたのは、その日の夜ということになる。

「ま、儂も気をつけておこうじゃないか。あの実直そうな佐市郎親方を」

杢之助は内心、得体の知れない不安を感じながら清次に返したものである。

三

その佐市郎に動きが見られたのは、翌々日の朝だった。きのう、おとといは、平穏にゆっくりと一日がながれていた。

「おう、杢さん。行ってくらあよ」

「ほうほう、きょうはどこだい」

いずこの長屋も朝の喧騒が一段落し、外商《そとあきな》いの棒手振《ぼてふり》たちが威勢よく塒《ねぐら》を飛び出すのは明け六ツ半（およそ午前七時）ごろだ。腰切半纏《こしきりばんてん》を三尺帯で決め、鋳掛屋《いかけや》の松次郎はふいごや金床《かなとこ》の道具を吊った天秤棒を肩に、いつものように木戸番小屋の前を声とともに通り過ぎ、

「内藤新宿だ」

「ほう、稼いできねえ」

羅宇屋《らうや》の竹五郎が背中の道具箱にカチャカチャと音を立てながらあとにつづいた。おなじ腰切半纏に三尺帯である。

二人ともおミネとおなじ長屋の住人で、ともに出かけ夕刻前に帰ってくると木戸番小屋のすり切れ畳に腰を下ろし、きょうまわった町で拾った噂などをひとしきり披露してから湯に行くのが日課になっている。

（松つぁんも竹さんも気になる噂は拾ってこないし、結局は清次の思い過ごしだったのか。珍しいこともあるもんだ）

思いながら荒物をすり切れ畳の上にならべているころ、

「おじちゃーん」

手習い道具をひらひらさせながら長屋の路地から出てきた太一が声とともに木戸番小屋の前を走り過ぎる。すぐそのあとに軽快な下駄の音が響く。これもいつもの光景

で、手習いが始まるのは朝五ツ（およそ午前八時）である。

「ほらほら、気をつけて」

すでに荷馬や大八車に町駕籠まで出ている街道を、走って横切る太一の背に大きな声をかける。以前、町駕籠とぶつかって大ケガをした子がいたのだ。急ぎの大八車が往来人を撥ねた話を聞くのも、決して珍しいことではない。

おミネの声に、

「太一ちゃーん」

女の子の声が重なった。おミネの声には、

「分かってらーい」

と、振り向きもせず向かいの麦ヤ横丁の枝道へ走り込む太一だが、おサヨの声が聞こえたか、

「あ、おサヨねえちゃーん。きょうも待ってな。走って帰ってくるからーっ」

街道のまん中で立ちどまった。

「危ない！」

「あぁぁ」

おミネの叫びに、すぐ近くまで来ていたおサヨの悲鳴が重なった。

「どうしたの！」

すでに出している居酒屋の暖簾の中から志乃が走り出てきた。不意に立ちどまった太一のすぐ脇を、かすめるほどに大八車が走り抜けたのだ。杢之助もこれにはヒヤリとした。

「へへん、大丈夫だーい」

太一はきびすを返すと麦ヤ横丁の通りに駈け込み、すぐに見えなくなった。

「んもおっ」

おミネが怒ったような声を出し、振り返るとおサヨが立ちどまり、手で口を押さえていた。

「恐かったねえ、おサヨちゃん。この町もネ、街道はけっこう危ないのよ」

おミネは駈け寄り、おサヨの肩を抱き寄せた。志乃が木戸のところから、

「さあ、もう安心よ。早くいらっしゃい」

手招きした。清次の居酒屋が軒下に縁台を出して商っている一杯三文のお茶は、朝は旅に出る者やその見送り人たちをおもな相手にしている。四ツ谷大木戸が近いおかげで、縁台に腰を下ろしていく客がけっこういるのだ。

おサヨはおミネに抱き寄せられたまま、木戸を出た。

李之助はおミネとおサヨの背を見送り、木戸番小屋の中でふたたび一人になった。動きとは、このことではない。朝の太陽がかなり昇ってからである。半分開けたままの腰高障子のあいだを男の影がふさぎ、

「木戸番さん、いなさるかい」

声と同時に素早く中に入り、うしろ手で障子戸を閉めきった。杢之助は瞬時、

（冬でもないのに、開いてた戸をわざわざ閉め切るとは……）

奇妙な思いにとらわれたが、

「おや、丸市の親方じゃありやせんか。また、なにか？」

すぐ柔和《にゅうわ》な表情ですり切れ畳の荒物を押しのけ、人ひとり分の座をつくり、

「ま、腰でも落ち着けて下せえ」

「すまないねえ、木戸番さん。仕事で近くまで来たもので、ちょいと寄らせてもらっただけだがね」

座を手で示した杢之助に佐市郎は応じながらすり切れ畳に腰を下ろした。佐市郎は大八車を牽いてきていない。音で分かる。それなのに〝仕事で〟などと言うのもみょうだ。おととい清次から聞いた一件もある。

（なにか関連が……）

李之助はすり切れ畳の奥に胡坐を組んだまま、佐市郎のつぎの言葉を待った。荷運び屋にとって町内の道や人の所在を訊くのに、木戸番小屋は欠かせない存在である。丸市の佐市郎や人足たちと李之助は、そうした関係があるだけだ。

「先日なあ、ほれ、ここと背中合わせの居酒屋に昼の腹ごしらえに入ったんだがね、そのとき、足の悪い女の子が、店の手伝いをしていたが……」

訊《たず》ねるように佐市郎は、すり切れ畳の奥に胡坐を組んでいる李之助に上体をねじった。

（やはり）

李之助は感じ、

「あゝ、あの娘かね。最近この町に母親と越してきて、そこで皿洗いなど手伝いはじめたのだが、それがなにか？」

逆に問いかけた。

「別にどうってことはないのだが、足を引きずっているものだからつい気になって。いや、それだけなんだ。で、越してきたって、いつごろだね。この左門町の通りも大八を牽いてよく行き来するが、いままで見かけなかった。いつも店のほうに？」

〝別にどうってことはない〟にしては、けっこう根掘り葉掘り訊《き》いてくる。対手《あいて》の話を引き出すには、撒餌《まきえ》の必要なことを杢之助は心得ている。

「かれこれ三、四カ月になりますかなあ、母娘の二人で。それからだよ、あの娘がおもての店を手伝うようになったのは」

「三、四カ月？　十日ほど前《めえ》にもそこの居酒屋で腹ごしらえをしたが、そのときは見かけなかったが」

「何時《なんどき》のころだえ。おサヨが手伝っているのは朝から午過《ひるす》ぎまでで、それにあの足なもんで、いつも奥の洗い場のほうにいるからねえ。丸市の親方、見かけたって、わざわざ奥をのぞきなさったかね」

「い、いや。ま、おととい混んでたからなあ。そのせいだったのか、その娘が店場に出てきたんだ。それでつい気になって。ただそれだけだ。そうかい、あの娘、おサヨっていうのかい。店の手伝いは午過ぎまでねえ。で、あの足のこと、なにか言ってなかったかね」

「いや、別に。気になるのなら丸市の親方、ちょいと行って直《じか》に訊いたらどうですかい。いまならおサヨ、奥の洗い場にいやすぜ。けさもほれ、そこを通って行くのを見やしたからねえ」

　杢之助は閉められた腰高障子のほうを手で示し、視線を左市郎に戻した。

「い、い、いや。いいんだ。そんなにまでは」

慌てたように言いながら佐市郎は上体をもとに戻し、

「ま、仕事のついでにちょいと立ち寄っただけさ。じゃましちまったな」

腰を上げ、腰高障子を開け外に出た。戸はもとどおり、半開きの状態に閉めた。杢之助は、木枠を格子状にはめ込んだ櫺子窓《れんじまど》から外を見た。木戸が見える。

（やはり）

大八車は牽いていない。手ぶらのまま木戸を出ると、街道を伝馬町のある右手に消えた。追うように杢之助も外に出て、木戸の前から街道の東方向に目を凝らした。丸に市の字を染めこんだ半纏の背が見える。まっすぐ帰るようだ。どうやら〝仕事で近くまで来た〟のは口実で、

（わざわざ聞き込みに来たか）

杢之助は確信を持った。

「つまりだ、佐市郎さんは母親のことも、どこに住んでいるかも訊かねえ。知ろうとしているのは、おサヨのことばかりだった」

「そうですかい。やはりねえ」

杢之助の説明に、清次は頷くように返した。

軒端《のきば》の縁台に、二人は腰掛け茶を飲んでいる。

さきほど洗い場に座っていたおサヨが太一と交替し、左門町の通りを長屋に帰ったばかりである。昼めし時が終わり、夕刻に向けての仕込みに入るまで、一息つける時間帯である。街道に出した縁台にそこの亭主が座り、ふらりと木戸番人が通りがかりに話し相手になっている風情だ。この時分、二人が店の中でヒソヒソ話などしていてはかえって不自然だ。

「出がらしの茶葉ばかりですけどね」

と、おミネが縁台に湯呑みを置いていった。おミネの体の具合は、もうすっかりよくなっている。

二人とも街道のながれに視線を投げ、話し声はきわめて低い。隣の縁台に客が座っても、内容までは聞こえないだろう。

「丸市の仕事は、速くて確実というのが売り物だ。その佐市郎さんが」

「おサヨに顔を見られまいとして、数日を経たきょう、そのようすまで聞きに来なすった……」

「どうやら、理由は一つのようだなあ」

「へえ」

「あーら、杢さんも清次旦那も、こんなところでゆっくり骨休めですか」

町内の顔見知りのおかみさんが通りかかった。

「もうしばらく、ようすを見ようや」

「へえ」

二人は首をかしげながら縁台から腰を上げた。佐市郎の人柄からは、誰が見ても他人に言えないような以前があるなどとは思えないのだ。

四

その〝しばらく〟はすぐに来た。

ふたたび二日後である。

「このまえは注文を取り消したりしてすまなかったね」

と、丸に市の字の半纏を着こんだ佐市郎が、威勢よく暖簾を頭で分け樽椅子に腰掛けたのは、太陽が西に大きくかたむき、清次の居酒屋では夕刻に向けての仕込みに入っており、洗い場では太一が菜切りをしている、おサヨのいない時間帯であった。

「おや、丸市の親方。きょうはゆっくりできるんですか」

志乃が笑顔で迎えた。おミネも微笑んでいる。通りがかりの荷馬や大八車の荷運び人足にはけっこう荒くれ者が多いが、地元でもありなかば常連客になっている佐市郎に志乃もおミネも好印象を持っている。清次も杢之助もまだ志乃とおミネに、佐市郎に得体の知れない疑念を感じていることを話していない。この時分、ほかに客は入っておらず、佐市郎の声は板場の清次にも聞こえた。

（来たか、夕めしにはまだ早いが）

聞き耳を立てた。

注文したのは、あり合わせで間に合うものだった。おミネがすぐ皿に載せ飯台に運んだ。

「おや、早いねえ」

と、佐市郎はおミネに話しかけた。

「このまえ来たとき見かけた女の子、あの躰《からだ》で感心だねえ。きょうはいないのかい」

「このまえってあたしの休んだ日。あ、おサヨちゃんね。そお、感心な娘ですよ。きょうはもう帰りました。いつも午過ぎまででしてね」

「普段は調理場にいて、こっちには出てこないのだけど、あの日はたまたま」

おミネに志乃がつないだ。

みょうだ。すでに木戸番小屋で聞き込み、分かっていることをまた訊いている。

(わざわざこの時刻を選んだな)

板場で生魚をさばきながら、清次は勘ぐった。

「ほう、そうかい。またあのけなげな働きぶりを見たいと思って来てみたんだが、いないんならしょうがねえや。あの足じゃ、塒《ねぐら》はこの近くなんだろうなあ」

「もちろんですよ。そこの通りの、ほら、中ほどの湯屋の向かいの路地を入ったところですよ」

志乃が応《こた》えた。志乃とおミネには何の作為《さくい》もない。それを佐市郎は感じ取り、安心して質問を繰り出している。

「どんな家《うち》だい」

「九尺二間の長屋で」

「いや、家族さ。あんな娘まで働くとは、かなり苦労のある家なんだろうなあ」

「そりゃあ母一人子一人ですから」

おミネにつづき、志乃がまた応えた。

「ほぉお、お父《とっ》つぁんはいないのかい」

「なんでも病死したらしいですよ。それで、この町へ」

「そりゃあ大変だなあ。あの娘が、ますます感心に思えてくるぜ」

仕事柄か佐市郎はご飯に味噌汁をかけ、けっこう早食いで、

「いい話、聞かせてもらった。ありがとうよ」

また暖簾を外へ分けて出ていった。まだ他に客は入っておらず、おミネが店の外まで出て、

「人足のお人らも、またお待ちしておりますよ」

声をかけていた。

清次は板場からおミネに、

「あの親方、いつも忙しそうだねえ。大八車、牽いてきていなさったかい」

「あ、そういえば一人でぶらっと、なんだったんでしょうねえ」

「そんなのどうでもいいじゃないの。得意先まわりでもしてらしたんじゃ」

おミネの言葉を志乃が引き取った。木戸番小屋へ聞き込みに来たのとおなじで、わざわざ伝馬町から左門町に足を運んだようだ。しかも、こんどはおサヨの住まいと家族構成まで訊いている。

「ま、ともかく丸市の親方は働き者だからなあ」

清次は返し、さばいた魚の煮込みにかかった。

その夜、清次は店が引けると時の過ぎるのを待っていたように冷酒を入れたチロリを提げ、木戸番小屋の腰高障子を開けた。

灯芯一本の淡い明かりのなかに、話はつづいた。

「考えられるのは、なんだな。おコマさんが言ってたじゃないか。おサヨの足があ
なったのは五年前、護国寺門前の音羽町だったたって」

「佐市郎さんが伝馬町に丸市の看板を掲げなすったのは三年前。よう働きなすってい
る。ご自分の看板を出すまでも、きっといま以上に熱心に……それをどこで」

「もし音羽町だったら、この左門町で加害者が偶然被害者を見かけた。そこに被害者
のおサヨはまだ気づいちゃいねえ……そう見て間違《まちげ》えねえだろう」

「おそらく」

「気になるぜ。きょう佐市郎さんがおサヨの長屋の所在を訊いたってのがよう」

「へえ」

その長屋の部屋には母娘の二人だけということも、佐市郎は知ったのだ。秋を感じはじめた夜に、木戸番小屋の空気が冷えこむのを、杢之助も清次も感じた。事件が起

これば、もろに左門町である。二人は顔を見合わせた。

過《あやま》ちから起きた事故でも人を死なせれば大罪である。御定書百箇条《おさだめがきひゃっかじょう》には、車で人を轢き殺した者は死罪――と、定められている。しかも、斬首されたあと死骸は遺族に下げ渡されず試し斬りにまわされ、家財は没収である。それだけではない。荷主は重い過料、轢いた人足の雇い主も過料と連帯責任で遠島は免《まぬか》れない。

「清次よ、どうなると思うよ」

「遠島は免れやせんでしょう。轢き殺してはいなくても、放って逃げたことで、死罪も……」

二人は自分たちのことのように身を震わせた。二人には、発覚することへの恐怖は分かる。だから左門町に事件が起こり、奉行所の同心が入り、杢之助の木戸番小屋に探索の詰所などが置かれたなら……、

『奉行所には、どんな目利きがいるか知れねえ』

杢之助はいつも清次に言っている。それだから、左門町は常に平穏であらねばならないのだ。油皿の小さな灯りに、しばしの沈黙がながれた。

静寂のなかに、まだ初秋というのに夜長が感じられる。

「なあ、清次よ。丸市の佐市郎さ……」

李之助の低い声が静寂を押しのけた。

「たぶん、おサヨの口を……」

「それで塒《ねぐら》の所在を訊きにあっしの店へ……」

「許せねえぜ」

「へえ」

市ケ谷八幡で打つ夜四ツ（およそ午後十時）の鐘が聞こえてきた。

「あ、いけねえ。もう木戸を閉める時刻だ」

李之助は慌てて枕屏風の端に押しこんでいる拍子木を手繰《たぐ》り寄せ、腰を上げた。

「ともかくよ、佐市郎の五年前《めえ》が音羽町であったかどうか、それを確かめるのが先決だ。もちろん、おサヨの身辺にも気を配っておかなきゃならねえが」

「一日の半分でも、あっしのところにいるとなれば、それだけ安心もできまさあ」

清次も腰を上げ、三和土に下りた。

李之助の木戸を閉めるにぶい音が立ち、

「火のーよーじん」

左門町の通りへ拍子木の響きとともに李之助の声がながれた。いつもなら火の用心に拍子木を打ちながら町内を一巡してから木戸を閉めるのだが、今宵は順序が逆になった。李之助が夜四ツの鐘が響くまで一日の終わりに気づかないなど、めったにあることではない。やはり清次の勘働きが、当たっていたかもしれないのだ。

暗闇に提燈の灯りが揺れ、その足が湯屋の前にさしかかった。

「火のーよーじん」

声のあと調子をとるように拍子木を打ち、向かいの脇道に入った。その数歩のところに長屋の路地が口を開けている。灯りをかざした。路地に動くものはない。おコマもおサヨも、住人ともども寝静まっているようだ。

(この町で、騒ぎなど起こさせねえぜ)

李之助は胸中に念じ、火の用心の声とともにまた拍子木を打った。

五

日の出とともに町は動きだす。長屋の路地に団扇《うちわ》の音とともに七厘《しちりん》の煙が充満し、それらが一段落したころ、

「おう、李さん。行ってくらあよ」

松次郎の声が木戸番小屋の前にながれた。毎日、町々で触売《ふれうり》をしているのだから、

遠くからでも聞こえる張りのある声だ。

「おうおう、待ちねえ。きょうは……」

李之助は急いで下駄をつっかけ、おもてに飛び出た。ちょうど木戸番小屋の前にさしかかった羅宇屋の竹五郎とぶつかりそうになった。羅宇竹のにぎやかな音とともに竹五郎は立ちどまり、

「おっと、杢さん。きのうも言ったろう。きょうは四ツ谷御門の前あたりの町をながしてくるよ」

腰高障子からの問いに応えた。

「おう、竹よ。なにしてる。早く行こうぜ」

松次郎が木戸のところで振り返った。もちろん杢之助はそれを忘れていたわけではない。確認するためだったのだ。

「おぉ、そうだったなあ。ところで四ツ谷御門前といやあ伝馬町があらあ。あそこの丸市、知ってるかい」

「伝馬町の丸市？　ああ、大八車の荷運び屋かい。それがどうしたい」

「あそこの飯炊《めした》きの爺さん、煙草をやりなさるんで、ときどき話もするよ」

松次郎が言ったのへ竹五郎がつないだ。

「いやさ、あそこの佐市郎親方。ずいぶん働き者って評判だから、以前はどこで大八を牽いてなすったのか、ちょいと聞いてみたくなってなあ」

「なんだ、そんなことなら近所で訊いておいてやらあ。さあ、竹、行こうぜ」

松次郎は角張った顔を振り返らせ、天秤棒の吊り紐を両手でつかんでブルルと振った。丸顔の竹五郎も、

「おうっ」

背中の道具箱をグイと押し上げ羅宇竹に音を立てた。二人の、仕事への気合を入れるいつもの仕草だ。

「そうかい。帰ってきたら聞かせてくれ。さ、稼いできねえ」

杢之助は腰切半纏の二人の背を、街道まで出て見送った。街道にはすでに荷馬に大八車、さらに町駕籠まで出て一日が始まっている。そこが甲州街道であれば、往来人には手甲脚絆《てっこうきゃはん》に振分け荷物の旅姿もけっこう多い。この時分の旅姿はほとんどが四ツ谷大木戸のある西へと向かっている。午《ひる》を過ぎた時分には大木戸を入ってくる姿もちらほらと混じり、夕刻近くになれば、ようやく江戸に着いたといった風情で東方向へ急ぐ姿ばかりとなる。その一日の移り変わりがはっきりと見られるのが、左門町の街道に面した木戸のあたりである。

松次郎と竹五郎は朝日を受け、西へ向かう旅姿やその見送り人たちの群れと何度もすれ違い、それらの人混みのなかに見えなくなった。

杢之助は木戸番小屋に戻り、

（おそらく佐市郎は以前、護国寺門前の音羽町で、大八車を牽いていたことに間違いはなかろう）

思いながら、すり切れ畳に荒物をならべはじめた。気は重かった。胸の奥底で、

（この憶測、外れていてくれ）

願わずにはいられなかった。

松次郎と竹五郎の足は、江戸城外濠の土手が前を行く人の肩越しに見えるところまで進んでいた。

「杢さんよお、なんでいきなりよ、丸市の親方のことを口にしたんだろうなあ」

「そりゃあ、あの荷運びさん、この界隈を走りだしてからまだ三年くらいっていうのに評判いいじゃないか。それで興味など持ったんじゃねえのかい」

角顔の松次郎が天秤棒の揺れをうまく腰でさばきながら歩を取り、丸顔の竹五郎の背からは一歩一歩に羅宇竹が音を立てている。

「あやかりてえってか。杢さんにゃ、そんな必要など、ねえがなあ」

「ま、杢さんじゃなくても、あそこの親方はほんと働き者だ。俺たちだってあやかりたいわさ」

「だったら、このあたりから枝道へ入るかい」

「えっ、この奥は源造《げんぞう》さんのいなさる御箪笥町《おたんすちょう》だぜ」

「おっ、そうだったなあ。ケッ、あの源造め。顔を合わせるたびに、調子のいいことコキやがってよ。もうちょい先からにしようぜ」

「あゝ」

話しながら街道を進み、伝馬町のあたりで、

「イカーケ、イカケ。ナベーカマ、お打ちいたーしやしょう」

松次郎が触売の声を上げれば竹五郎が、

「キセールそーぅじ、いたーしやしょう」

つづけ、そろって伝馬町の枝道へ入った。二人ともそれぞれの腕に他の同業が真似のできない技《わざ》を持っており、縄張の四ツ谷界隈だけでなく、他の町にも、

『松つぁんに打ってもらえばホント新品みたいになるよ』

『煙管《きせる》の羅宇竹は名のとおり、竹さんの竹笹に限らあ』

と、お得意は多い。もちろん四ツ谷伝馬町は確たる縄張の内である。二人の触売の声にはすぐ客がつき、話もしやすい。さっそく丸市を話題にした。

「そういやあ、もう三年になるのねえ。前は音羽町や小石川のほうで牽いてたって聞いたけど」

「まじめに働いて小金を貯め、それでこの町に自分の店を構えなすって、まだ独り者だってんだから、亭主がいなきゃあたしが行きたいくらいだよう」

松次郎がふいごを踏みながら、鍋や釜を手にした女衆から聞けば、

「たしか護国寺門前の音羽町とか言ってたなあ。佐市郎さんの荷運びさんなら、どこに看板を出しても繁盛するさ。それが伝馬町とは、またおもしろいじゃないか」

竹五郎を裏庭の縁側に呼んだ隠居は言う。

悪い噂は聞かない。

さらに竹五郎は、

「父つぁん、いなさるかい。煙管一本、新しいのどうですかい」

物置のような店構えに直接訪《おとな》いを入れた。佐市郎は出払っていたが、飯炊きの爺さんがいた。

「あ、おまえさんの彫りなすった竹笹はいいねえ、素朴で。落ち着いて煙草が喫《の》め

らあ」

と、新調ではないが、羅宇竹を新しく交換してくれた。雁首と吸口の金具を結ぶ羅宇竹の交換が、羅宇屋の主な収入源だ。そこに竹五郎が極細《ごくぼそ》の鑿《のみ》で刻《きざ》んだ簡素な竹笹の絵柄が、なんとも素朴でいい味を出していると評判なのだ。親方の佐市郎については、

「あ、。わしはここで雇われたから、音羽町のころは知らねえ」

言いながらも、

「こうして老いぼれのわしが、自分の銭《ぜに》で煙管のいいのをあつらえられるのも、佐市郎親方のおかげさ」

と、竹五郎が雁首と吸口を新しい羅宇竹に挿《す》げ替えたばかりの煙管で、うまそうに一服ふかしていた。

二人が太陽をふたたび真向かいに受けながら左門町へ向かったのは、日の入りにはまだいくぶんの間がある時分だった。すれ違う旅装束の者は、いずれも江戸府内に入りホッとした表情で足を急がせている。

左門町の通りを往来する住人の影もすっかり長くなったなかに、

(もうそろそろかな)

杢之助は待っている。

（取り越し苦労であって欲しいが）

思いは、やはり払拭できない。

「おう、帰《けぇ》ったぜ」

松次郎の声が半開きの腰高障子から入ってきた。

「おぉう、早かったじゃないか」

杢之助は迎えた。

「訊いてきたぜ、丸市の運び屋さんよう」

「おう、そうだったな。で、どうだったい」

言いながら敷居をまたいだ松次郎に問いかけた。

「やっぱり杢さんも言ってたとおり……」

竹五郎の丸顔が松次郎の肩からのぞいた。松次郎は腰高障子の外に天秤棒をヒョイと降ろすだけだが、竹五郎は背負った道具箱を肩からはずす手間がかかる。いつものように一歩遅れで、

「誰に訊いても評判のいい人だ。根っからの働き者さ」

言いながら敷居をまたいだ。

李之助の聞きたいのは、その以前のことである。

「疲れているだろう。お茶でも飲んでいきねえ」

すり切れ畳の荒物を押しやって二人分の座をつくった。

「おう、ありがてえ。座らせてもらわあ」

松次郎が疲れた腰をそこに落とし、竹五郎もつづき、

「ちょっと物騒な噂も聞いたよ」

と、李之助のほうへ身をよじった。

（ん……佐市郎の以前が物騒？）

とっさに李之助の心中は身構えた。

「おぉ、あの話かい。それなら俺も聞いたぜ。酔っ払い相手の荒稼ぎ野郎だろ。ふざけたのがまた出やがったもんだ」

松次郎がつないだ。佐市郎の件ではなかった。心中に構えたものが即座に溶解したが、それにはおかまいなく二人は交互に話をつづけた。

荒稼ぎとは、人通りの多い路上や縁日の境内など雑踏する場で、数人が組んで金のありそうな往来人に肩がふれただの足を踏んだだのと因縁をつけ、もみ合いに持ちこんだところでとめ男が割りこみ、相手のふところから財布を抜き取りさっさと騒ぎを

収め、因縁をかけた男たちともども雑踏に散るという、きわめて単純で始末の悪い物盗りのことである。

「それが近ごろ市ケ谷のあたりに、ときおりあらわれはじめたってよ」

「いや、もう一年ほども前かららしいって聞いたぜ」

二人は競うように話す。市ケ谷といえば、市ケ谷八幡を擁し外濠に沿った往還が門前町のようになって茶屋や小料理屋が暖簾をはためかせ、夜更けてからも灯りが煌々とならんでいる一角がある。出るとすればおそらくそのあたりだろう。

「ああいう手合いはしばらく一カ所の町で稼ぐと、また別の町へ移って荒稼ぎするそうで、町々の岡っ引も手を焼いているっていうぜ」

「はは、岡っ引といやあ源造よ。四ツ谷の岡っ引のくせして市ケ谷のほうまで縄張にしてるっていうから、いまごろ慌ててやがるだろうよ」

「笑い事じゃないよ、松つぁん」

杢之助は新たな懸念を覚えた。左門町近くの街道では、近くに夜更ければ昼間より繁華となる内藤新宿を控えているのだ。

「そんなケチな騒ぎは、この界隈じゃ願い下げにしたいぜ」

「はは、左門町にあらわれやがったなら、俺が天秤棒で叩きのめしてやらあ」

松次郎は言い、

「きょうは近場でせっかく早めに帰ってきたんだ。湯にゆっくり浸かってくらあよ。なあ竹よ」

「おう」

竹五郎は応じ、松次郎につづいて敷居を外へまたぎながら振り返り、

「丸市の親方さあ、伝馬町の前は音羽町とか小石川とか言ってたよ」

「そうそう、そう聞いたなあ。音羽町だ、音羽町。忘れるところだった」

松次郎も敷居の外で振り返った。

（やはり）

杢之助はドキリとした胸中を隠し、

「あ、そうだったなあ。音羽町かい」

軽い口調で返した。

夜……、

「おじちゃーん」

五ツ（およそ午後八時）ごろだ。太一の声が締め切った腰高障子の外にながれ、つづいておミネの軽い下駄の響きとともに障子戸が音を立てた。

清次の居酒屋では場所柄、府内から内藤新宿の色街に繰り出そうとする嫖客《ひょうかく》で、景気づけにちょいと一杯というのがけっこういる。それらの客足はいつもこの時分には途絶え、店も暖簾を仕舞うのだ。

「おう、きょうもご苦労さんだったなあ」

「はい、杢さんもお休み」

おミネは半分開けた腰高障子から面長の白い顔をのぞかせ、障子戸を閉める。これも木戸番小屋の毎日の行事のようになっている。ときおりだがそのあと、杢之助はため息をつき、言い知れない寂しさに襲われることがある。以前なら、幼い太一が木戸番小屋で杢之助と一緒に母親の帰りを待っていた。かつて飛脚であった杢之助から諸国話を聞きながら、搔巻《かいまき》にくるまって寝入ってしまうこともよくあった。そのようなとき、おミネがすり切れ畳に上がり、寝ている太一を抱き上げ、

「――ここがあたしのうちだったら、面倒が省《はぶ》けていいんですけどねえ」

などと言いながら、また木戸番小屋の敷居を外へまたいだものだった。新月の夜などは、杢之助が提燈の灯りでおミネの足元を照らし、すぐそこだが長屋の部屋の前まで送ったりもしていた。そのたびに胸へ秘めた思いは、いまも変わりがない。

（儂《わし》がそんな人並みな生活、思っちゃいけねえ。おミネさんにも、一坊のためにも）

閉めた腰高障子の向こうに、太一の足音とおミネの下駄の音が遠ざかる。

同時にそれは、おもてでは志乃が提燈を下げ雨戸も閉めにかかった証《あかし》でもある。清次は来た。おミネの下駄の音が遠ざかってからすぐだった。清次が夜更けてから木戸番小屋の腰高障子を開けるとき、音はしない。

「どうでした」

声だけが、狭い玄関口の三和土《たたき》を這《は》うようにながれた。

「上がりねえ」

杢之助が低く返したのへ、清次はまたうしろ手で障子戸を音もなく閉め、すり切れ畳に上がった。油皿の小さな炎が揺れた。

「荒稼ぎはともかく、やはり……そうでしたかい」

杢之助の話に、清次は低い声を返した。油皿の炎がまた揺れた。五年前、音羽町、大八車……結びつく。

「思い過ごしではないようだなあ」

「へえ」

灯芯一本のにぶい明かりのなかに、緊張の糸が張られた。

――死罪……遺体は試し斬りに。たとえ遠島でも……いまのすべてを失う

「速いのが売りの運び屋じゃ、不思議はありやせんや。佐市郎さんがおサヨを……」

「気が動顛《どうてん》したのかもしれねえがよ。許されねえぜ……轢いた相手を放って逃げるなんざ」

「もちろん、荒稼ぎ以上に」

二人の低い声は緊張というよりも、苦渋を乗せていた。

「それをさらに……ますます見過ごせねえ」

杢之助の押し殺した声が、またすり切れ畳の上を這った。二人とも言葉には出さないものの、

(口封じに、おサヨを……)

胸中では互いに思い、頷き合っている。

夜はさらに更けていく。

清次は背中合わせの家作に戻り、乾いた拍子木の音が、左門町の通りに響いた。杢之助の声は、いつもより小さかった。それに気づく住民はいない。拍子木の音も火の用心の声ももとまった。提燈を腰に差した影は、湯屋向かいの、おコマとおサヨの住む長屋の路地に入っていた。胸中に呟いた。

(因果よなあ)

ふたたび拍子木が鳴りはじめた。

木戸番小屋の提燈は、街道にも出た。暗い空洞のなかに酔客らしい提燈の灯りが、二つ、三つと揺れている。

「遊びもいいが、気をつけなせえよ」

呟《つぶや》き、

(まったくこんな時期に荒稼ぎがチョロチョロしやがるとは)

余計な者へのいまいましさが込み上げてきた。

清次も言ったように、おサヨが居酒屋の洗い場に入っているあいだは安心である。だが、昼間のその時間帯のなかに、

「うっ」

杢之助は身をこわばらせ、腰高障子のすき間から外に目を凝らした。大八車の音が聞こえたのだ。軽い響きだ。積荷はなく、空で牽いている。街道から左門町の木戸を入り、木戸番小屋の前を過ぎて通りの中ほどへ向かっている。半纏の背に、丸に市の文字が見える。佐市郎だ。急いでいる風でもなく、ゆっくりと歩をとっている。その所作が、

（町のようすを窺《うかが》っている）

　ように見えた。

　杢之助は下駄をつっかけ、おもてに出た。案の定だった。丸に市の字の半纏は湯屋向かいの脇道に入った。大八車がやっと一台通れるほどの道幅しかない。杢之助もゆっくりと、散歩でもする風情で左門町の通りに歩を進めた。

（やはり）

　大八車は長屋の路地の前でとまっていた。出てきた長屋のおかみさんとなにやら立ち話を始めた。すぐ終わった。大八車はそのまま進んだ。脇道は忍原横丁の通りにつながっている。立ち話をしていたおかみさんが、杢之助の立つ往還へ出てきた。

「おや、木戸の杢さん。散歩かえ、いいねえ」

「あ、ぶらりとね。さっきの、丸市の親方じゃなかったかね」

　返し、訊くと、

「そうだよ。街道おもてでおサヨちゃんが働いているのを見て、感心なのでどこから通っているのかと思って、などと言うもんだから嬉しくなってね、一番手前の、あたしの部屋の隣だって教えてやったさ」

　佐一郎はおサヨの部屋まで訊いていた。

李之助はゆっくりと木戸のほうへ戻り、街道に出て清次の居酒屋の縁台に腰を下ろした。そこから隣町の忍原横丁の通りへの出入り口は視界のなかである。

出てきた。丸に市の字の半纏は空の大八車を牽き、伝馬町のある東方向へゆっくりと向かい、往来人や荷馬の陰に見えなくなった。

「来たようですね」

清次が暖簾から出てきた。さきほど佐市郎が左門町の通りへ大八車を牽いて入ったのを見ていたようだ。

「ふむ。来た」

李之助は短く返した。空の車を牽き、わざわざ左門町に入っておサヨの住まう長屋の路地の前を経て忍原横丁に抜け、また街道に出て伝馬町方向へ戻って行ったのだ。

「もう、間違いないですね。そのための物見《ものみ》に……」

「あゝ」

清次が言ったのへ、李之助は力なく返した。事態はもはや、思い過ごしでも取り越し苦労でもないことが明白となったのだ。佐市郎のほうこそ、いまや針のムシロであるのかもしれない。

六

二日、三日と、左門町は平穏だった。

「おサヨねえちゃん、交替だ」

「うん、お願い」

洗い場にながれる声にも変わりはない。杢之助はその帰りを長屋までそっとついていき、夜には火の用心にまわる回数を多くし、湯屋向かいの脇道には拍子木を打たず提燈の火も消し、気配はないか念入りにうかがった。下駄の音も立てず、みずからの気配を消した杢之助に気づく者はいない。長屋の周辺にときおり動くのは、野良犬と野良猫に風の音ばかりであった。

だが、事件は起きた。夜になり、左門町で灯りがあるのは街道おもての清次の居酒屋と、木戸を入った木戸番小屋だけとなった時分である。街道にときおり提燈の灯りが動くのは、これから内藤新宿へ繰り出そうという嫖客か、あるいはその帰りの旦那たちであろう。

その日、おコマは夕刻に縫い物を届けに行き、相手先に引きとめられてすっかり遅くなり、帰りに清次の居酒屋へ挨拶にと立ち寄った。ちょうど隣の古着商いの栄屋《さかえや》の手代が来ていて仕事の話になった。栄屋も町内の誼《よしみ》でおコマに古着の繕《つくろ》い物を頼んでいる。古着屋であれば量も多く注文も細かい。手代は丁稚を呼んで現物を持ってこさせ、おコマも樽椅子に座り込んで念入りに話しはじめた。街道に、人影はほぼ途絶えている。

清次はおサヨが長屋の部屋に一人でいるのを心配し、太一に提燈を持たせ呼びにやらせた。杢之助もそれを太一から聞き、おもてに出て往還に気を配った。左門町の通りには、さらに人影はないのだ。

(そろそろ帰る時分か。火の用心がてら、送っていくか)

杢之助はすり切れ畳から腰を浮かせた。

木戸番小屋での杢之助の勘があたったか、清次の店では栄屋の手代とおコマの話は終わり、志乃が出した簡単な夕飯もすませてそれぞれが腰を上げ、

「太一、もう帰るからって杢のおじちゃんに知らせてきな」

「うん、分かった」

清次が言ったのへ洗い場の太一が立ち上がったときだった。おコマとおサヨはさきに腰高障子を開け往還に出た。店からこぼれる明かりと店頭の大きな軒《のき》提燈、それに

おコマの手にしたぶら提燈が母娘の姿を闇のなかに浮き上がらせた。それよりほんの一呼吸か二呼吸前である。木戸番小屋を出た杢之助は、

（ん？）

大八車の音を耳にした。左手の大木戸のほうからである。響き具合からほとんど左門町の木戸の前へさしかかっているようだ。同時に、右手方向の清次の居酒屋の前にも人の動きのあるのを感じ取った。提燈の明かりに照らされた、おコマとおサヨである。不意に車の響きがとまった。杢之助がハテと感じる間もない。しかもすべてが瞬時だった。

「あぁ！」

左手の大八車のほうから男の声が洩れるなり、右手の居酒屋の前からは、

「キャーッ」

幼い女の子の悲鳴が響いた。

（おサヨ！）

秋というのに杢之助の心ノ臓は凍てついた。とっさに街道へ走り出ようとした。だが動きをとめた。木戸の前を影が二つ、居酒屋のほうから大木戸の方向へ走り抜けたのだ。さらにほとんど同時だった。

「おおぉぉっ」

「とっとっとっと」

「あっ、おめえらは！」

「てめえぇぇ！」

大八車のきしむ音に人の足音は大木戸のほうへ遠ざかった。

杢之助の下駄は地を蹴った。ほんの数歩である。木戸の外に飛び出た杢之助は、どちらに向かうべきか判断のつかぬまま右手に視線を投げた。明かりのなかにおコマとおサヨの立ちすくんでいるのが見え、その視界に、

（声の一人は佐市郎！）

「おサヨちゃん！」

店から飛び出てきたおミネと志乃が入った。杢之助は安堵ともに左手に視線を投げた。闇である。だが、人の気配がそこにある。いましがたまで大八車の響きがあったのだ。闇に目が馴れると、居酒屋の前の明かりがかすかにとどいているのが感じられる。闇のほうからは、居酒屋の前の動きがはっきりと見えているはずだ。影は凍てついたように動かない。影は二つ、呆然と立っているようだ。輪郭が確認できる。影の一人は提燈を手にしているが、火は消えている。

「丸市の佐市郎親方と、そこの人足さんじゃございせんか」

杢之助は低く声を這わせ、二歩、三歩と影に近づいた。背後では何ごとかと軒提燈の下へ清次も出てきて見守っている。

「あ、、そうだが。ここの木戸番さんだねえ。驚いたよ。いきなり走ってくるのだから。こんな夜中にみょうな人らだ。ま、どなたもケガがなくてよかった」

「そういう感じですなあ。で、丸市さん、こんな時分にお仕事で？」

「あ、、宿《しゅく》向こうのお屋敷に急な運び物を頼まれ、こんな時分になっちまってねえ」

落ち着いたしゃべり口調である。怪しむべき点はない。人足も一緒なのだ。夕刻に内藤新宿の向こうまで出向けば、帰りはこんな時分になっても不思議はない。

話しながら杢之助の脳裡は回転した。大八車の動きがとまったのは、清次の居酒屋から出てきたおサヨが見えたからではないか。特徴のある歩き方なのだ。そこへ二人の得体の知れない男が闇のなかから走り出てきておサヨにぶつかりそうになった。佐市郎にすれば二重の驚きだったろう。最初の声は男たち二人のいずれかと、人足のとっさに上げたものだったようだ。走っている男二人も不意に脇から出てきた小さな娘に驚き、とっさに避けた。悲鳴を上げたのはおサヨだった。そのとき佐市郎はおサヨに顔を見られまいと、素早く提燈の火を吹き消したのだろう。だから男二人は大八車ともぶつかりそうになった。

「——おめえら」

「——てめえ」

双方は叫んだ。一人は間違いなく佐市郎の声だったのだ。杢之助の脳裡は、

(あの二人、荒稼ぎの跳ね上がった奴らか)

感じとっている。そのような類を佐市郎が、

(見知っている……?)

奇妙な組み合わせである。

「さっきのわけの分からねえ二人、ご存知の人で?」

杢之助はぶつけた。

「あはは。こんな稼業だから、あっちこっちの与太は知ってまさあ。ま、ケチな野郎どもで、ともかく、ほれ、そこの居酒屋の前でぶつかりそうになった人ら。ほんとうにケガがなくてようござんした」

佐市郎は店の明かりのほうを顎《あご》でしゃくった。声は聞こえても佐市郎の提燈に火はなく、おサヨたちから見えるのは影の輪郭だけである。

「さ、なんでもないようだ。早く帰りねえ」

店の前では清次がおコマとおサヨをうながした。ただの通りすがりの出来事のようだ。杢之助が大八車の二人と穏やかに話していることで、店の前には安堵がただよっている。その間にも、提燈の灯りが一つ、二つと揺れながら大木戸のほうへ向かっていた。

「はい」

おコマは応じ、二人は左門町の木戸に入った。警戒すべき相手はいまそこにいるのだ。帰りの道に心配はいらない。

「さっきぶつかりそうになったとき消えちまいやした。ちょいと火を下せえ」

おコマの灯りがおサヨとともに左門町の通りへ消えると、佐市郎は火の消えた提燈を店の明かりのほうへかざし、

「おい、行くぞ」

大八車の轅《ながえ》の中にいる人足をうながした。

店に客はいなかった。

「ちょうどいい区切りだ。きょうはこれで看板にしよう」

清次が言い、志乃が軒提燈を降ろし、そこから佐市郎は火を取った。二人の顔が明かりに照らされた。人足はまだ若く、二十歳にもなってないほどで、表情をこわばら

せている。佐市郎も話しようは落ち着いているが、やはり顔には緊張のまだ消えていないのが看《み》て取れる。

「あーぁ、びっくりした。じゃあおじちゃん、またあした」

思わぬ一日の終わりに、太一もようやく落ち着き、木戸の中へ駈けこんだ。

「ほら、暗いんだから、気をつけて」

おミネがあとを追う。

大八車の灯りは、もう夜の視界に見えなくなっていた。

店の前では中からの明かりが杢之助と清次の影を浮かび上がらせている。

「あっしは板場におりやしてね、悲鳴を聞いたときには背筋が凍りましたよ」

「儂もだ。木戸を出ようとしたときだ、全身が凍てつく思いだった」

「それにしても、この時刻にここでおサヨと鉢合わせになるなんざ、佐市郎さんも驚いたことでしょうねえ」

「あのわけの分からねえ二人、佐市郎さんにとっちゃあうまい具合に現れやがったもんだ。どこのどいつか知らねえが、やつらがいなきゃあおサヨは佐市郎の顔を見て悲鳴を上げていたところだぜ」

「どこかの八九三者《やくざ》で、顔見知りのような口振りでやしたねえ」

「そういう感じだった」

「李之助さん、中に入りませんか。お茶でも淹れますから」

志乃が中から声をかけてきた。

「いや、そろそろ火の用心にまわらなきゃならねえから」

李之助が返したのへ、清次も頷いた。店は栄屋の手代と丁稚がまだいるのだ。

木戸番小屋に李之助はまた一人になった。このあとすぐ火の用心にまわり、あともう一度まわって木戸を閉めれば、李之助のきょうは終わる。

（丸市の佐市郎……針のムシロだろうが、因果よなあ）

油皿の炎を見つめながら、思えてきた。

（左門町が舞台じゃ、儂にも因果があらあよ。防がせてもらうぜ、騒ぎになるのは）

だが、方途はまだ立たない。

七

「おう、李さん。行ってくらあ」

「きょうも四ツ谷御門前だ」

明け六ツ半（午前七時）ごろ、いつもと変わりない松次郎と竹五郎の声が木戸番小屋の前にながれた。杢之助は急いで下駄をつっかけようとしたが、すぐに動きをとめた。昨夜の騒ぎの翌朝である。佐市郎の動きがいっそう気になる。また噂集めを頼めば、

「杢さん、なんでそんなに丸市の親方にご執心なのだい」

と、逆にそのことへの興味を誘いかねない。八丁堀を左門町に呼び込まないためには、あくまで事件を未然に、しかも何事もなかったように防がねばならないのだ。松次郎と竹五郎が身近な住人であればあるほど、細心の注意が必要となる。だが、事態は思わぬ方向に進んでいた。

「おう、きょうも気張ってきねえ」

三和土に下ろしかけた足をとめ、杢之助は声だけを二人の背にながした。

「おう」

松次郎の声が響き、竹五郎の背の道具箱がカチャリと鳴った。二人は木戸のところでいつもの仕草をとったのだろう。

その二人が清次の居酒屋の前を通り過ぎたのとほとんど同時だった。四ツ谷大木戸まで旅に出るお仲間を見送った帰りか、三人連れのお店者《たなもの》風が清次の居酒屋の縁台に

腰掛けた。

「諏訪《すわ》まで五日はかかろうかねえ」

「雨などに降り込まれなければいいのですが」

話し言葉からお店者と分かる。番頭に手代、丁稚の風情だ。

この時刻、おミネはまだ店に出ていない。清次と志乃だけである。志乃がさっそく盆に湯呑み三つを載せ、暖簾から出てきた。三人はそれにお構いなく話に熱中している。その内容に志乃は思わず、

「えっ、殺し！」

声を上げ、盆から湯呑みを落としそうになった。

「まだここまでは伝わっていませんでしたか。すぐそこですのに」

番頭風が志乃に応じ、

「ほれ、この先の麴町《こうじまち》ですよ。どこかの旦那が殺されなすって、うちの旦那さまじゃなくてよかったが」

手代が番頭へ合わせるようにつないだ。

「ええ、麴町で!?　それでどなたが！」

志乃の声が大きくなり、板場の清次にも聞こえた。四ツ谷麴町といえば、左門町か

らなら伝馬町の手前になり、街道に面した町家である。三人はそこを通ってきたようだ。現場を見てきたのだから、話す口調も生々しい。

けさ早く、朝の納豆売りが街道から枝道へ数歩入ったところにお店《たな》の旦那風の男が血を流し斃《たお》れているのを目にし、慌てて麹町の自身番に駈け込んだそうな。身許はすぐに分かり、遺体はもう麹町の自身番に運ばれていたらしい。

「お役人が現場を封鎖していて、なんでも近くの五穀屋《ごこくや》の旦那さんとか」

通りすがりの者が耳にしたのはそこまでだった。

「まったく気の毒で、物騒な世の中だ。早く犯人、挙げてもらいたいものだ」

番頭が言い、茶で喉を湿らせると他の二人をうながし、早々に腰を上げた。これから仕事であろう。

「杢之助さんに、早く」

清次が暖簾から顔を出した。脳裡にはすでに、

(昨夜の二人！)

走っている。

杢之助はすぐに来た。話を聞けば、当然連想するのは清次とおなじである。その二人を、佐市郎は見知っているような口振りだったのだ。杢之助と清次の脳裡に浮かん

だのは、夜明けと同時に叩き起こされたであろう源造の姿だ。源造の塒《ねぐら》は麴町の北隣の御簞笥町である。女房がそこで小さな小間物屋を開いている。源造にとっては麴町も伝馬町も、庭先のようなものだ。そこに死体がころがっていて、もし犯人の目星がつけられないようだったなら、岡っ引としてこれほどの恥はない。源造は八丁堀に人を走らせるより早く、朝靄《あさもや》の町に駈け出し、まだ寝ている者は叩き起こし、

「おう、昨夜だ。怪しい物音は聞かなかったか。不審な者は見かけなかったか」

問いながら奔走したことだろう。いまのこのときも、あの路地この軒端へと聞いてまわっていようか。その足と耳が伝馬町に入るのは時間の問題である。もう大八車の横で佐市郎をつかまえ、

「えっ、見たかい！　不審な二人!?　で、どこでだ??」

問い詰めているかもしれない。ならば、

（ここで昨夜の再現を……奉行所の役人が左門町に来る）

杢之助と清次は顔を見合わせた。

往来人からつぎつぎと噂が入る。いま杢之助にとっさの対応策があるはずはない。どのように人知れず、おサヨに対する佐市郎の動きを封じるかの具体策もないまま、別の事件に佐市郎ともども関わってしまったかもしれないのだ。しかも関わった現場

が左門町の木戸の前である。詰所は当然、杢之助の木戸番小屋となる。

「あ、杢のおじちゃん。こっちにいたの。どおりで番小屋、誰もいなかった」

太一が木戸から飛び出てきた。おミネの下駄の音がすぐあとにつづいた。

「ほらほら、大八車。気をつけて」

街道を向かいの麦ヤ横丁へ走り込む太一にいつもの声をかぶせ、

「それじゃあたしがこのあとを」

縁台の接客を志乃と交替するのはいつものことである。

「じゃあお願い」

志乃が中に入ろうとしたときである。清次はまだおもてに出たままだった。

「あっ、あれは！」

杢之助はドキリとした。源造だ。

「おおう、バンモク！　バンモクゥ！」

走りながらだみ声で吠えている。岡っ引が走れば嫌でも目立つ。あの慌てようというよりも張り切りようは、佐市郎に聞き込みを入れ、犯人の一端をつかんだ思いで確認に来たのに相違ない。街道の目が源造の動きとともに清次の居酒屋の前に集まる。

杢之助は機転を利かせた。目立たないようにするためでもあるが、昨夜の件は志乃もおミネも、それにいま木戸から出てきたおサヨもその母親のおコマも居合わせたのだ。なにをどこまで話していいか、事前の打ち合わせなどしていない。おサヨやおコマも一緒となれば、事前の打ち合わせなどかえって藪蛇《やぶへび》になるかもしれない。ともかくこれからどう進むか分からぬ事態には、目立たぬよういささかなりとも相手の動きを知る必要がある。

「おぉう、源造さん。いいところへ来なすった。殺しのあったことは聞いた。これからそっちへ行こうと思ってたところさ。ともかく番小屋で話そう。店だとほかの客が来るかもしれねえ」

「おう、そうかい。聞いてるなら話は早い」

源造は走ったまま居酒屋の前を過ぎ、

「バンモク、早くしろい」

木戸の前から逆に杢之助を急かした。清次は杢之助の機転を解した。

「志乃、お茶の用意だ。木戸番小屋へ」

「は、はい」

志乃は返し、殺しの話をまだ知らないおミネとおサヨは呆気にとられた顔になっている。清次と頷きをかわし、杢之助は自分の木戸番小屋へ源造のあとを追った。

すり切れ畳の上にはまだ荒物をならべていなかった。

「つまりだ、死体は俺の膝元の旦那だ、五穀屋のなあ」

音を立ててすり切れ畳に腰を落とすなり話しだした。

「源造さんのお膝元って、御箪笥町のあの五穀屋さんかい」

遅れて三和土に足を入れた杢之助は、応えながらうしろ手で障子戸を閉めた。

「そうともよ」

源造は吐くように返した。屋号を聞けば、米を中心に麦、豆類、粟《あわ》、黍《きび》など五穀の小売り屋で杢之助も知っているお店《たな》だった。町に密着した商舗《みせ》で、街道をはずれた町屋の商舗にしては大振りな構えで、界隈では屋号よりも〝御箪笥町の五穀屋さん〟で通っている。あるじの名まで杢之助は知らないが、源造などは文字通り町内のお膝元で懇意だったはずだ。左門町まで走ってきたことといい、表情に無念さと悔しさを滲ませ、太い眉毛を小刻みに動かしている。

「で、聞き込みはどうだったい。犯人のあてはついたかい」

すり切れ畳に上がりながら訊く杢之助に、

「俺の話を聞けい」

一喝するように源造は言い、すり切れ畳に胡坐《あぐら》を組んだ杢之助に上体を向けた。

「走ったぜ、麴町から御簞笥町や伝馬町の一帯をよ。五穀屋の旦那は刃物で胸を一突きよ。ふところからは財布がなくなってらあ。血のかたまり具合から、殺《や》られたのはきのうの夜と看《み》て間違《まちげ》えねえ。ま、行きずりの物盗りだ。最も犯人の挙げにくい事件だ。こいつを突き止めたとなりゃあおめえ、八丁堀の旦那にも俺ア鼻高々で話ができらあ」

話の筋が前後し、しかも手柄を焦っている。

「だからよ、麴町から御簞笥町に伝馬町へと走りなすったんだろ。で、犯人になにか結びつくものは」

「お、おめえ。よくそんな他人事のように言えるなあ。おめえをアテに走ってきたんだぜ」

「やっぱ、丸市の佐市郎さんから聞きなすったか」

「そうよ。それらしい二人組の男を丸市の親方が見たってよ」

「それがこの左門町の木戸の前」

「そのとおり。なんでおめえ、殺しと聞いて真っ先にそいつを知らせに来ねえ」

「来ねえって、儂も殺しはさっき麴町のほうから来た人に聞いたばかりで、いま行こうと思ってたって言ったじゃないか」

「おぉ、そうだったなあ。ま、それはどうでもいいや。さ、言いやがれ。どんな奴らだった。丸市の親方は二人組が大八にぶつかりそうになっただけで、顔は暗がりで見えなかったと言いなさる。おめえなら顔は見えなくても丸市の親方より多少は詳しく見たろう。さあ、なんでもいい。どんな野郎どもだったい」

アッと内心、杢之助は感じた。あのとき確かに、

「――あっ、おめえらは！」

佐市郎は言い、

「――てめえぇぇ！」

男の一人が返したのだ。互いに顔見知りだったはずである。ところがなんと、

「――顔は暗がりで見えなかった」

佐市郎は源造に証言している。それだけではない。源造がまくしたてるように言ったわりには、そこに清次や志乃、おミネ、さらにおコマ、おサヨの名が出てこない。それも佐市郎は話していないのだ。

（意図的に）

とっさに杢之助は解した。あの二人とぶつかりそうになったのは佐市郎だけではない。源造が聞き込みから早晩それを知ることになろう。ならば先手を打ちおコマとお

サヨを、

（この舞台からはずしておかねば、自分の身が危ない）

佐市郎がとっさに自分の提燈の火を消したのも、居酒屋の明かりに、

（おサヨの姿を見て驚き、自分の身をおサヨから隠した）

あらためて確信を持った。

「さあさあ、源造親分。びっくりしましたよ、走ってこられるのですから」

声と同時に障子戸が外から開き、急須ごと載せた盆を手に志乃が敷居をまたいだ。

志乃はすり切れ畳に盆を置き、その場で湯呑みに茶を注ぎはじめた。間合いをとるようなその所作の目的を、杢之助は悟った。

「やっぱり志乃さん、儂がさっき話した昨夜のことを源造さんは聞きに来なさった。丸市の佐市郎親方も顔までは見ていなかったらしい。他にその場へ居合わせたのは儂だけだったからねえ」

志乃がなにか言いかけたのへ、

「さあ、あとは儂が」

杢之助はさえぎるように言い、茶の入った湯呑みを盆ごと引き寄せた。

「じゃあ、あとはよろしく」

志乃も李之助の意図を解したようだ。障子戸は外から閉められた。李之助の言った内容は、すぐ清次に伝わるだろう。

「お茶はありがたいが、とんだ邪魔が入りやがった。さあバンモク、早く聞かせろ。どんな野郎だった。顔は見たか」

源造は茶を一気に呑み干した。

李之助は急須から源造の湯呑みに茶を足しながら、

「暗がりだったからなあ」

「見てねえのか」

「だがな、雰囲気は分からあ。若い遊び人のようだった。どうせ八九三者《やくざ》だろうよ。あの体つきもな、もう一度見りゃあ、こいつだと当てられるかもしれねえ」

「ほう」

源造は上体をねじったまま李之助のほうへ身を乗り出した。

「だがよ」

李之助は受けるように話をつづけた。脳裡にはすでに一つの方針が浮かんでいる。佐市郎の意図に乗ることである。それをいま、清次にも伝わるように志乃へ話したのだ。だが、目算がついたわけではない。李之助は言った。

「二人は麴町のほうから大木戸のほうへ走って行きやがった。逃げるようにな。つまり、大木戸の外へだ。時刻からいって、あんたもそう思いなすっているだろう。五穀屋の旦那を殺りやがったのは、そいつらに間違いあるまいよ。もう、甲州街道のずっと向こうかもしれねえ」

「ふむ。間違えはねえ。しかし……そのことよ」

源造はいかにも悔しそうな表情をつくり、太い眉毛の動きもとめた。その落胆ぶりは、杢之助も同情を感じるほどだった。江戸町奉行所の権限は大木戸までで、そこを出れば道中奉行か八州廻りの管掌《かんしょう》となる。四ツ谷を縄張とする岡っ引なら、常にそれを強く意識させられる。大木戸の外には、道中奉行配下の役人か八州廻りの同心から新たに御用聞きの手札《てふだ》をもらわなければ手も足もでない。聞き込んだ情報の交換もできないのだ。

「大木戸の外へ出やがったとしてもだ、せめて面が割れりゃあなあ。もう一度見りゃあ見当がつくってえ程度じゃ、八州に話も持って行けねえ」

「はは、源造さんよ。八州廻りに手柄をくれてやるこたぁねえぜ」

「ほっ、なにか目算でもあるのかい」

「源造さんらしくねえことを言うなあ。殺しでも泥棒でも、犯人は現場にまた戻ってくるってよく言うじゃねえか」

「そりゃあ。え、それを張るってのかい」

「そうさ。行きずりの殺しなどしやがって慌てて逃げるような奴らだ。どうせ大した野郎どもじゃあるまいよ。甲州街道をずらかったのなら、戻りものことその街道を舞い戻ってこようよ。そこでだ、源造さん」

「なんでえ」

李之助は源造に目を据え、源造もそれに応じた。

「奴らはきっとびくびくしているはずだ。そこへ八丁堀がうろうろしてみねえ」

「姿を見ただけで怖気《おじけ》づいて、大木戸の向こうへまた逃げちまうかなあ」

「それよ。だから奴ら二人が大木戸の向こうへ走ったってことは、八丁堀の旦那たちに話さねえほうがいい。源造さん一人の胸に置いておきねえ。儂から丸市の親方にも話し、街道を張っててやらあ。顔を見てなくても、姿形《すがたかたち》を見りゃあピンとくるものはあろうよ。見つけりゃ大声を上げて町衆総出で、たとえ一人でも押さえつけてすぐ誰かを御箪笥町へ走らせらあ。あとは源造さん、そいつをそっちの自身番に引いて行って煮るなと焼くなと好きなようにしなせえ」

「ふむ」

源造は頷《うなず》き、上体を元に戻した。雲をつかむような話だが、小心な犯人を捕まえるにはけっこう勝算のある手のように思える。杢之助はすでに、昨夜の二人を能なし八九三《やくざ》の類と見立てている。花札で八と九の数なら末尾が七となって上々だが、つぎに三を引けば一ケタが〇となって数にはならず、なんの役にも立たない。そんな者を八九三者といい、博徒を指すヤクザの語源ともなっている。

（きっと舞い戻ってくる）

杢之助は確信を持っている。その二人が小心な八九三者だろうといった理由だけからではない。それを源造に話すことはできない。

「そんなら街道のほうは任すぜ。俺はまだ向こうの自身番に八丁堀の旦那を待たせたままなんだ。ともかくおめえも顔は見ていねえ、奴らがどこの誰だかも分からねえ。そいつらが犯人かどうかも分からねえ、とそう旦那に話しとかあ。また来るぜ」

源造は急ぐように腰を上げた。これでひとまず八丁堀が左門町に入るのは防いだ。

「また開けたままだぜ」

杢之助は呟き、源造が大きく開けたまま出ていった腰高障子を閉めようと腰を浮かせた。が、すぐにそこをけたたましい下駄の音とともに人の影が埋めた。

「ねえ、ねえ、杢さん。聞いたよ、聞いたよ。殺しだって。源造さん、なに訊きに来たのさ。犯人、分かったのかい」

湯屋の隣の一膳飯屋のかみさんである。小太りの色白で動きが早ければ口も耳も早い。李之助は上げかけた腰を下ろし、

「あゝ。怪しげな者を見なかったかとか、見かけたらすぐ知らせろとか、そういったところだ」

「なあんだ、そんなの見るわけないよねえ。だけど、まだ捕まってないのかい。この左門町の木戸、夜はしっかり閉めておくれよ」

一膳飯屋のかみさんは念を押すように言うと、

「なにか聞いたらすぐ教えておくれよ。あたしゃもう恐くて、恐くて」

言うわりにはそう恐そうにもしていない。くるりと小太りの身を返し、その勢いで器用に立て付けの悪い腰高障子を閉めた。李之助も見たとは言わなかった。これで左門町や隣の忍原横丁、向かいの麦ヤ横丁にながれる噂に、昨夜の一件は出てこないはずだ。居酒屋で清次がおサヨに話し、その意向はおコマにも伝わり、おコマは頷くだろう。誰しも事件には関わりたくないのだ。

「志乃の話を聞きましたので、さっきおサヨを長屋まで送って行き、おコマさんにも

昨夜の件はなかったことに、と伝えておきました。隣の栄屋さんにも、関わりにならぬように、と。あるじの藤兵衛さんも手代さんも納得していました」

太一が手習いから帰ってきてすぐだった。清次はまたふらりと世間話の風情で木戸番小屋に立ち寄った。腰高障子は半開きにしたままだが、声は外まで聞こえない。

「つまり杢之助さんは、あの二人はきっと舞い戻ってくると……」

「おめえもそう思うから、おサヨをわざわざ送って行ったのだろう。佐市郎がさきに焦った動きをしねえかと案じて……」

「へえ」

清次は返した。

だが、佐市郎とあの二人にどのような面識があるのか、杢之助も清次も知らない。確実なのは、佐市郎が昨夜あの二人を確認し、そして麴町で五穀屋の旦那が殺されていたということだけである。

それにもう一つ、夕刻になってから商舗の旦那が一人で出かけるのは、いずれかへの息抜きでふところには金があるはずだ。そこを二人は狙った。ところが昨夜は抵抗され、つい殺《や》ってしまった……おそらくそのようなところだろう。

驚いているのはあの二人かもしれない。そのうえ思わぬところで顔まで見られた。

そうなれば、もうどこへ逃げても安心はできない。となれば、方法は一つしかない。一刻も早く佐市郎の息の根をとめる……。杢之助が、あの八九三者二人が舞い戻ってくると判断した理由はそこにある。

「最も愚かな発想さ。あの二人は、その程度のやつらよ」

「おそらく」

すり切れ畳の上に這わせた杢之助の低声に、清次は頷いた。

「佐市郎さんも焦っていようよ。おサヨとの因果があるからなあ」

「ますます針のムシロに……」

杢之助の言葉に、清次はまた低く返した。

昨夜の状況をすべて八丁堀が知ったなら、そのとき居合わせた者は一同に集められる。そのときおサヨが、──あっ、この人！　一声叫んだなら……。狭い木戸番小屋の中に、凍てつくような空気がながれた。

「佐市郎さんはワルじゃねえ。根は真面目なお人だ。だから切羽詰ればかえって思慮を欠く。すでに、その動きを見せてやがるからなあ」

おサヨの所在を聞き込み、源造にはおサヨの存在を黙秘したことなどである。

「焦《あせ》っているだろうなあ。そこが危ない」

「だからあっしも、さっき念のためおサヨを長屋まで」

「いずれにせよ、ここ一両日がヤマ場だぜ。早晩、儂もおめえも含めて、昨夜の者が一同に集められる日が来るかもしれねえ。源造さんはここ数日、こっちには出張ってこねえ。佐市郎さんとおサヨの因縁は、血を見ることがねえように収めておかなきゃならねえ。その先のことは、それから考えようじゃねえか」

「へえ。ともかくあっしは、志乃に街道へ目を配らせておきやす」

障子戸のすき間を、また人の影が埋めた。

「おや、清次旦那。また木戸番小屋で油など売ってなさったかね」

「あゝ、もっと長居したいとこだが、物騒な噂がながれてるもんだからねえ」

町内のおかみさんだ。清次は返し、腰を上げた。

八

「どうもこうもねえや。きょう一日中、源造につきまとわれたぜ」

日の入り前である。声とともに松次郎の足が木戸番小屋の敷居をまたいだ。

杢之助は待っていた。

「一日中って大げさだよ、松つぁん」

外から竹五郎の声がかぶさった。

ふたりはきょうも四ツ谷御門前の一帯をながしていたのだ。

「そう言うがよ、一日に三回も四回もじゃ、一日中会ってたようなもんだぜ。それもおんなじことばかり訊きやがってよ」

「あ、そうだった。源造さん、焦ってなさるようだ」

竹五郎も敷居をまたぎ、松次郎につづいてすり切れ畳に腰を落とした。

源造はきょう木戸番小屋に走ってきたあとも、御門前の界隈を右に左にと奔走していたようだ。無理もない。縄張内《しまうち》の、しかも自分のお膝元で起きた殺しなのだ。

「おんなじことって、何をだい」

「それよ」

松次郎が杢之助のほうへ上体をねじった。

「市ケ谷のほうで噂になってるっていうあれ、荒稼ぎよ。それにやられたのを誰か知らねえかって。そんなのてめえで找《さが》せってんだ。だいたい荒稼ぎに目をつけられるって御仁はよ、ふところのあったけえ旦那じゃなくちゃなんねえ。そんなお人らが、穴の開いた鍋釜さげて俺のふいごの前にならんだりするかってんだ」

松次郎は源造に相当しつこく訊かれたのが癪《しゃく》に障《さわ》ったのか、まるで鬱憤《うっぷん》晴らしのようにまくしたてた。源造にとっては町々の軒端《のきば》をめぐっている松次郎や竹五郎は、時折々の噂話の宝庫である。だから松次郎と竹五郎にいつも言っている。

「――どうでえ。俺の下っ引にならねえか。いい思いさせてやれるんだがなあ」

きょうも二人へ説得するように何度も言ったらしい。

「へん、こちとらあ腕一本で生きてるんだ。人の噂話で小遣い稼いだとあっちゃ、鋳掛道具の一つ一つに申しわけねえや。なあ、竹よ。おめえだってそうだろう。羅宇竹の一本一本によう」

「でもよ、松つぁん。きょうの源造さん、人殺しを見つけるために走りまわってたんだぜ。そんなときはよう、助《す》けてやってもいいんじゃねえか」

「えっ、おめえ。源造になにか教えてやったのかい。といっても、俺のほうじゃ教えたくっても、単に荒稼ぎが出てるって噂しかなかったがよ」

杢之助の木戸番小屋がちょっとした二人のせめぎ合いの場となった。商売道具を担ぎ、帰りを急ぐ道すがらでは、そう込み入った話もできなかったのだろう。だが、せめぎ合いに松次郎は源造への反発を小気味よくならべながらも、

(今回ばかりは助《す》けてやりてえ)

思いをチラと見せた。

「ほう、竹さん。煙管《きせる》のお得意さんに、荒稼ぎに遭った人でもいなさったか」

李之助は身を竹五郎のほうに向けた。先の読めない舞台に、いま李之助は立っているような思いなのだ。

「え、どうなんでえ、竹よ」

松次郎も気になるのか返答を急かした。竹五郎はつづけた。いたといっても、被害に遭った人を知っているという、伝馬町に住む小料理屋の隠居で、

「俺はよ、源造さんが手掛かりを得るためそんな人を找しているって、羅宇竹のすげ替えをしながら隠居に話したのさ。すると隠居は、世のためだからその人を説得しようって、俺も一緒にでかけたのさ。それがなんと御箪笥町で源造さんの小間物屋のすぐ近くで、瀬戸物屋の旦那だった」

「えっ、御箪笥町の瀬戸物屋なら俺も知ってるぜ。旦那は知らねえが、鍋の底なら女中さんが持ってきなすって、一度打たせてもらったことがあらあ。で、どうだったい、そこの旦那」

「それよ。市ケ谷で一杯ひっかけなすったとか。ほろ酔い機嫌で御箪笥町に向かっていると、ま、かなり酔ってたんだろうなあ。二人組の若い男が介抱するふりをして、

財布を抜き取りやがったって。三月《みつき》ほども前のことらしいや。みっともなくって人には言えず」

「ケッ、とんだ恥さらしだぜ。酔っ払って掏摸《すり》に遭うなんざよう」

「まあ、松つぁん。竹さんの話を聞こうよ」

松次郎があきれたように言ったのへ杢之助がたしなめたが、大方は聞けば松次郎とおなじ思いになるだろう。だから瀬戸物屋の旦那は誰にも言えず、悔しさのはけ口にと近くの隠居に洩らしたのであろう。

竹五郎は杢之助にうながされ、先をつづけた。

「その旦那さ、源造さんはあまりにも近くなもんで、かえって聞き込みを入れてなかったらしいや。けさ麴町の噂を聞き、どうやら行きずりの犯行らしくって殺されたのも隣町でよく知っている五穀屋の旦那とあっては、さては、と思い、どうしようと迷ってたところらしいよ」

「そいつらの仕業じゃねえかってか」

松次郎が相槌を入れた。

「そう。それで源造さんに話そうか、このまま黙っていようかと、悩んでいるところへ隠居が顔を出し、結局自分のほうから小間物屋へ。ところが源造さんは出払っていたから、俺も一緒に捜してよ」

「見つけて話したかい」

「あゝ。すると源造さん、つるんでた二人の年格好を聞くなり……なに‼　そいつぁ市ケ谷にとぐろ巻いてやがる、あのガキどもじゃねえかっ、と」

叫ぶなり駈け出して行ったという。いまごろ源造は市ケ谷の茶屋や小料理をしらみつぶしに当たっていることだろう。

「おう、見てみねえ。そろそろ日の入りだぜ。早く湯屋に行かなきゃ」

「おう、そうだな。すっかり話しこんじまった」

二人は同時に腰を上げた。どこの湯屋も、日の入りとともに火を落とし、あとは残り湯になってしまうのだ。

　木戸番小屋に杢之助は一人となった。確かに昨夜の二人は〝ガキども〟というには可哀想だが、二十歳前後の年格好だった。そやつらがいま市ケ谷にいるはずはない。しかし源造は、なんらかの手掛かりをつかむだろう。面が割れたも同然なのだ。左門町の街道筋を杢之助に任せると言ったのも、反故《ほご》になるかもしれない。ますます先が読めなくなった事態に、杢之助自身が焦りを感じざるを得ない。

（だが、あの二人め、面が割れたことはまだ知っちゃいめえ）

李之助は心中に呟いた。

陽は落ちた。あとは急速に暗さが増してくる。

（ともかく、きょうあすだ）

すり切れ畳の上で、李之助は拍子木を手繰り寄せた。李之助がいまから火の用心に出て、対手の動きを探ろうとするのが保身のためなら、二人組と佐市郎もまた、同様のはずである。しかも、切羽詰った思いになっていることだろう。

おもての居酒屋では、これから内藤新宿へ繰り出そうかというお店者風の客が数人、景気づけにお猪口《ちょこ》をかたむけていた。

「これからちょいと火の用心にまわってきますさあ。提燈に火を点けさせてくんねえ」

李之助は暖簾の中に顔を入れた。

「まあ、李さん。いつもより早いのね」

おミネが李之助の提燈に火を入れた。声は板場にも聞こえている。清次が心配そうに顔をのぞかせた。外はもう、道で人とすれ違っても相手の顔が判別できないほどとなっていた。これから急速に宵闇が濃くなる。

（左門町を舞台に、二つも事件がからみやがった）

李之助は呟いた。

因果の行方

一

　黒っぽい股引《ももひき》に盲縞《めくらじま》の地味な単衣《ひとえ》を着こみ、白足袋《しろたび》に下駄をはいている。これが冬場になれば単衣が袷《あわせ》に変わり手拭で頬《ほお》かぶりもするが、白足袋に下駄は変わりがない。いずれの木戸番人にも共通した身なりである。だが、音がない。江戸中の武士も町人も含め、下駄で走っても音が立たないのは、おそらく杢之助一人であろう。江戸城百人番所の甲賀者や伊賀者にはいるかもしれない。しかしそれは意識してのことであり、杢之助のように音無しが習性となっている者はいまい。忍びの心得がある者や手練《てだれ》の者が見たなら、

　——あの者は?

　首をひねり、得体の知れない緊張を覚えようか。だが、市井《しせい》でそこに気づく者はい

ない。

急速に暗さを増す左門町の通りに、杢之助は火の用心の声もなく拍子木も打たず、さきほど清次の居酒屋で入れたばかりの提燈の火も吹き消し、あたりは闇の空洞となった。通りの中ほどである。一膳飯屋は街道おもての居酒屋と違い、すでに明かりはない。下駄の足は一膳飯屋と湯屋向かいの脇道に入った。

（おっ……やはり）

軒端《のきば》に身を寄せた。前方に気配を感じた。殺気というよりも、緊迫と困惑の入り混じったものが伝わってくる。

（佐市郎め、迷ってやがるナ）

　息を殺した。影は長屋への、路地の入り口あたりにとまっている。杢之助の潜んだ軒端から、長屋の路地は見えない。腰高障子にまだ明かりのある部屋があるのかもしれない。だが、路地を窺《うかが》う影に躊躇《ちゅうちょ》が感じられるのは、そのためだけではない。

（その構えじゃ、子供一人殺《や》れねえぜ）

杢之助は思うと同時に、

（救われる）

ものも感じ取った。

影はまだ、路地の入り口の隅に身を寄せている。迷いを払拭できないまま、路地のほうへ神経を集中しているようだ。闇の中でその者の息遣いが感じられるほどの至近距離に、杢之助は身を置いている。

(……ん?)

その佐市郎の影の背後に、うごめく気配のあるのを感じた。一つではない。気配は二人……。

(来たな)

予想の範囲内のことだが、ここで重なったのは想定外だ。二つの影は、前面の佐市郎の影が、長屋の路地に動かない理由を知らない。杢之助が息を殺す軒端から二人までいくぶんの距離はある。だが、

(殺気)

が、感じられる。長屋の路地へ注意を集中している佐市郎は、その息遣いに気づいていない。

二つの影が動いた。ふところから匕首《あいくち》を取り出したようだ。刃《やいば》は見えずとも動きからそれが察せられる。

応じるように杢之助の腰に力が入った。二つ影が同時に速い動きを見せた。佐市郎

は気づき振り返った。

「おぉっ」

佐市郎はとっさにその影の誰であるかに気づいたようだ。

佐市郎が二人を見知ったのは、二月《ふたつき》ほど前だった。夏の陽射しが照りつける昼間だった。佐市郎は大八車の轅《ながえ》の中に入り、そのうしろを若い人足が押していた。町内の家具屋に依頼され、簞笥《たんす》を市ケ谷八幡町の水茶屋へ運んでいたのだ。速さが売りの丸市である。

「あらよっ」

「どっこい」

佐市郎と若い人足は往還に土ぼこりを上げ、呼吸を合わせ走っていた。御門前の繁華な茶屋のならびに走り込もうとしたときだった。一番手前の腰掛茶屋の簀《よしず》から若い男が飛び出した。突然だった。

「おっとっと」

佐市郎は足を踏ん張り、轅のさばきで男を避けた。土ぼこりが激しく舞った。

「うえぇーっ」

「あららら っ」

男がうしろへ飛び下がって顚倒するのと、茶屋の女が悲鳴とも驚きともつかぬ声を上げたのがほとんど同時だった。もう一人、茶屋から飛び出た男の声が重なった。

「兄イッ、どうしたぁ!」

さらに若い男だ。顚倒した男に駈け寄るなり上体を抱き起こし、

「おっ、骨だ! 骨をやられておりやすぜっ、兄イッ」

「ううう」

呻《うめ》き声が大きい。近くの茶屋から茶汲み女や縁台に座っていた客たちが飛び出てきた。往来人も足をとめ、人だかりができた。

佐市郎は知っている。人を撥ねたなら、まして轢《ひ》いたなら、たとえそれが小さな子供であってもどれだけの衝撃を轅に感じるかを……。その衝撃によって、呻き声は違ってくる。衝撃はなかった。とっさに解した。

(荒稼ぎの噂、こいつらか!)

この種の輩《やから》に微塵《みじん》なりとも低い態度を示せば、そやつらの居丈高《いたけだか》を誘うだけである。真面目な働き者であればあるほど、遊び呆けるだけならまだしも堅気《かたぎ》に迷惑をかける者への嫌悪感は強い。佐市郎は握っていた大八車の轅を地に下ろし、人囲いの中をな

おも呻いている男に近づくなり、

「どこの骨が折れたぁ！」

「うあっ！　ううう、ぐえっ！」

男の呻きは本物に変わった。佐市郎は思いっきり男の尻を蹴り上げ、さらに脾腹《ひばら》を蹴ったのである。

「な、なにしやがるぅ」

あとから走り出た若い男は喚《わめ》いた。佐市郎は睨みつけた。まだ十代後半か、目が細くひねくれた顔をしている。環境につくられた顔の雰囲気かもしれない。

「なな、なんなんでえ」

ひねくれ顔の若い男は、あとずさりしながに反発の口調をつくった。

「や、野郎っ。よくもぉ」

蹴られた男は脾腹を押さえたまま起き上がろうした。張った頬骨が目尻を押し上げているような、引きつった顔だった。

「もう一発、見舞ってやれっ」

「荒稼ぎだぞっ、そいつら」

人垣から声が飛んだ。この二人、市ケ谷ではすでに顔が知られ、けっこう嫌われている八九三者《やくざ》のようだ。

佐市郎はさらに蹴り上げる体勢をとり、

「どこの骨が折れたってんだ、見せてみやがれ」

凄《すご》みを利かせ、

「おい、お客さまがお待ちだ。行くぞ」

「へい」

若い人足に声をかけ、

「あらよっ」

「ほいさ」

人垣は溜飲を下げたように道を開けた。

「おおお、覚えていやがれぇ」

若い八九三者の声は大八車の車輪の音にかき消されていた。

その後、佐市郎も丸に市の字の半纏を着こんだ人足たちも、何度か市ケ谷界隈に大八車の音を響かせたが、細目のひねくれ顔と頬骨の張った吊り目の二人組に付きまとわれることはなかった。だがそやつらは、

「――恥をかかせやがった」

と、再度の機会を狙っていた。その顔と昨夜、佐市郎は左門町の木戸の前で出会ったのである。二人はいま、佐市郎をこの長屋の前に追いつめたというより、伝馬町からあとを尾《つ》けてきたのだ。

昨夜五穀屋を襲ったあと、二人は一目散に四ツ谷大木戸を走り抜け、内藤新宿で木賃宿のならぶ路地へ走り込み、

「――ま、ま、ま、万太《まんた》の兄イよう。どう、どうすんだよう」

細目の若いほうが、荒い息で問えば、

「――どうするったって、お、おめえ。殺《や》っちまったものは、しょうがあるめえ！」

万太と呼ばれたのが兄貴分のようだ。

市ケ谷界隈で荒稼ぎがやりにくくなったのは、急ぎの大八車に因縁をつけ蝿《はえ》のように追い払われて以来のことである。もちろん佐市郎の立ち上がりからの攻勢が利いたのだが、集った周囲の目も、額に汗して働きもしない若い二人には厳しいものがあった。以前から八九三な鼻つまみ者として、町にその顔を知られていたようだ。昨夜、市ケ谷を離れ四ツ谷界隈まで出張ったのもそのためだった。これから夜遊びに行こうとする、ふところのあったかそうな旦那に荒稼ぎを仕掛け、喰いつなごうとしたのがそこでも攻勢に出られ、つい刃物を抜いてしまったのだ。

「――千吉《せんきち》、財布を盗れ！　このままずらかるぞっ」

兄貴分の万太は叫ぶなり四ツ谷大木戸のほうへ走り出した。

「――ま、待ってくれよう、兄イッ」

千吉と呼ばれた細目も、慌てて五穀屋のふところから財布を抜き取り万太兄イのあとを追った。

その途中である。

「――おめえら！」

「――てめえは！」

夏の暑い日、当たりを仕掛けて追い払われたあの顔とまた出会ったのだ。

「――どう、どうすんだよう」

木賃宿の路地でくり返す千吉の声は震えていた。

ツキから見放されたなかに万太は開きなおり、

「――いいきっかけだぜ。あしたにも押し込み、口を塞いでやろうじゃねえか！　それで江戸を離れよう」

なにもかもツキに見放されていたところ、きょうばかりは運がよかった。夕刻になってから二人が犯行現場近くへ戻り、丸市の店先を見張ったのは、

「――あのガキどもっ」

と、岡っ引の源造が市ケ谷へ走ったあとだったのだ。八丁堀から出張ってきた同心たちは、伝馬町の荷運び屋の親方が犯人の顔を見たことを、源造からまだ聞かされていない。警戒網は張られていなかったのだ。そのなかを、

「――あの野郎。こんな時分に一人でどこへ行きやがる。うまい具合だぜ」

出てきた佐市郎の目的が分からないまま、左門町の裏店まで尾《つ》いてきたのだ。

二

「おぉっ、おまえらは！」

佐市郎は闇の中に振り返って身構え、ふところに手を入れた。だが万太と千吉はすでに刃物を手に、

「死にやがれっ」

突進してきている。二人は目的の達成を確信したろう。その刹那《せつな》だった。

「逃げなせいっ、丸市の！」

襲う二人にも屋号を呼ばれた佐市郎にとっても、

「えっ⁇」

「うっ⁉」

言葉も出ない驚きだった。もう一つの影が闇から飛び出るなり、匕首《あいくち》を突き出し佐市郎へ体当たり寸前の右脇腹へ、

「ぐえっ」

足蹴りを受けた衝撃とともに身が宙に浮き、もう一人は、

「な、なんなんだ！」

手元も足元も狂わせた。蹴りを入れられたのは細目の千吉で、動きをとめたのは兄貴分の万太だった。千吉は匕首を地に落とし、

「うっううう」

左手で右脇腹を押さえ、その場にうずくまっている。

杢之助は地を足に戻し、

（大げさな）

思った。走り込みながらの蹴りである。威力はなかった。千吉の動きをとめるだけだった。片方の足を軸に打ち込んだ蹴りなら、千吉は肋骨《ろっこつ》か肩の関節を砕かれていただろう。いまの衝撃にしびれは走ったろうが収まれば腫れが残る程度である。

（まずい！）

即座に感じた。長屋の路地に明かりがあるのを確認した。夜なべの針仕事をしていたのか、おコマとおサヨの部屋だった。物音は聞こえたはずだ。

（出てきたらどうなる）

おサヨが佐市郎を見て悲鳴を上げようか。その先は……。

佐市郎は脇から飛び出した者が誰であるか分からないまま、不意の事態変化に余裕を得たか、うしろへ跳び退きざまふところの刃物に手をかけ、逃げるより状況を窺う態勢をとった。

果たして外の物音におコマとおサヨは気づいたか、障子戸が動き部屋の明かりが路地にこぼれ出た。

「どなた？　誰かいるのですか？」

「おっ母さん、なんだったの？」

大きい影につづいて小さい影がぎこちなく動くのが明かりの中に見えた。

（おサヨ！）

佐市郎の目がそれを捉えた瞬間だった。同時に明かりは杢之助と万太の視界の内でもある。

「うぉーっ」

突然の唸り声だった。おコマとおサヨは不意のことに震え上がったであろう。闇の中から影が躍り出るなり突進してきたのだ。

「ギャーアァァ」

「ヒエエ！　おっ母さん‼」

明かりの中の光景は見えた。おコマは路地に突き飛ばされ、おサヨは肩をつかまれ喉に匕首を当てられた。喧嘩なれしているのか万太の動作は素早かった。

「おぉっ」

「うむっ」

李之助と佐市郎はとっさに一歩踏み出たが、つぎを踏み出せない。すべてにとって最悪の事態となったのだ。万太はもう佐市郎の息の根を止めるどころではない。この場をどう切り抜けるか、それしかいま念頭にない。一方の佐市郎は、あと数歩も踏み出せば明かりの範囲内に自分の顔をさらすことになる。

「どうした‼」

「あっ、おコマさん！」

「ひーっ、サヨちゃん⁉」

長屋の腰高障子が一枚また一枚と音を立て、住人の声が路地に飛び交う。杢之助の最も恐れる左門町での騒ぎが、すでに起こっている。

「ヒーッ」

「おサヨーッ」

「静かにしろいっ」

おサヨとおコマの絞り出した声に万太は叫んだ。いまというこの瞬間、万太の言うことこそが、杢之助の望みでもある。

「そう。静かに、静かに」

両手で周囲を押さえる仕草をしながら、杢之助は一歩、二歩と前に歩を進めた。その顔が明かりの範囲内に入った。

「おぉ、木戸の杢さん」

「い、いったいこれは！」

住人たちは声を上げ、佐市郎ははじめて状況を悟った。万太もそうであろう。同時に、自分の置かれた環境も明確に悟ったはずである。

「木戸の？　へへ、急に飛び出した父つぁん。この町の番太かい。なら話は早《はえ》えや」

開き直った万太の口調に、杢之助は返した。

「そうよ、左門町の番太郎だ。この町でよ、騒ぎは困るぜ」

「そうかい。だったら俺をこのまま町の外まで案内しろい。この娘の命と引き換えになあ」

「アァァ、おっ母さんっ」

「おサヨッ」

「うるせえ！　早くしろい。ほかの者は、ここを動くんじゃねえぜ」

万太がこの場を脱出できる、唯一の方法である。

「うううう」

背後で、殺気を含んだ息遣いのあるのを杢之助は感じた。佐市郎である。まだ闇の中に身を置いている。おサヨからもおコマからも顔は見えない。杢之助は迷った。佐市郎にとって、この場はむしろ、万太を逃がしたほうが得策なのだ。

「ううっ」

息遣いを、なおも感じる。

「さ、早くしろい」

「分かった。さあ、みんな。この場を動かねえでくだせえ。おサヨちゃんが人質にとられているんだ」

李之助はこの場の者全員に語りかけるように言った。

「んんっ」

「うーむ」

悔しそうな息が周囲に洩れる。

「さあ」

「うむ」

再度万太に催促され、李之助は一歩、二歩とあとずさりした。万太はおサヨの肩をつかみ匕首を喉に当てたまま、

「歩け」

「あぁぁ、その娘《こ》は！」

周囲から声が出る。

「なに？」

万太は怪訝そうに声のほうへ目を向けた。そのとき、おサヨの肩が大きくかたむいた。歩こうとして一歩踏み出したのだ。

「おっ、なんだ！」

匕首を持った手で万太はおサヨの肩を支えた。刃《やいば》は喉から離れた。その刹那だった。

「許せねえ！」

叫び声が飛んだのと同時だった。杢之助は風を受けた。人の影が闇から明かりの中に飛び込んだ。

「うえっ」

「キャーッ」

おサヨと万太、それに影が一体となり、なぎ倒されるように崩れ込んだ。匕首が賊の手を離れ地に飛んだのも明かりの中に見えた。

「それっ」

「おうっ」

長屋の男たちが一斉に賊へ飛びかかり、

「おサヨをっ」

折り重なる中から引っ張り出すようにおサヨは助け出されたが、抱き起こされるとまたヨロヨロと座り込んでしまったのは足の不自由なせいばかりではない。恐怖を脱した安堵である。おコマはにじり寄り、

「おサヨーッ」

抱き締めた。

佐市郎は人の折り重なる中から転がるように抜け出て身を起こした。李之助の横だった。明かりの範囲内である。

「木戸番さん、あっしをですかいっ、それとも奴らを⁉　尾けてなすったのは」

「わけはあとだ」

李之助は佐市郎の背を闇のほうへ押し、

「いけねえ！　逃げやがったか」

叫んだ。うずくまっていたのがいなくなっている。路地では、

「うううっ。うぐっ」

万太がねじ伏せられ、蹴られている。

「よしなせえっ」

李之助は一喝し、

「お長屋の衆、一人逃げやした。そやつ、きのうの麹町での犯人ですぜ」

「えっ、こいつが⁉」

「だ、だったら大手柄だぜ」

驚愕の声が飛び、李之助は口早につづけた。

「さあ、早く忍原横丁の自身番に引き、どなたか御箪笥町へ走って源造さんに知らせ

てくだせえ。儂は丸市の親方と引きつづき、もう一人のほうを追いかけやす」

「えっ、丸市の親方？」

「そういやあ、さっきおサヨを助けなすったの、丸市の親方だったぜ」

住人たちの声をすでに李之助と佐市郎は背後に聞いている。二人はおもての左門町の通りへ駈けている。おサヨが佐市郎の顔を見たかどうかは分からない。少なくとも長屋の住人たちには、理由《わけ》は分からないが丸市の親方が木戸番人と一緒に左門町を巡回し、犯人を追いつめ、

「丸市の親方が体当たりしておサヨを救い、あとはあっしらが」

源造が駈けつけてくれば話すことだろう。源造は納得するはずだ。それに、李之助が左門町の木戸番小屋ではなく、忍原横丁の自身番へ引けと言ったのも、源造にも長屋の住人にも納得できる。木戸番小屋はどの町も九尺二間ですり切れ畳の一間《ひとま》だが、自身番には町役《ちょうやく》が常時詰めている畳部屋の奥に、不審な者を暫時《ざんじ》留め置く板壁に板敷きの部屋がある。人をくくりつける柱もそこにはあるのだ。誰も、李之助が左門町の木戸番小屋を同心の詰所にしたくないためだなどとは思わないだろう。

「木戸番さん、まだ分かりやせん。どうして折よくあそこに」

佐市郎と李之助の足は長屋の路地を離れるときには、逃げた一人を追うように走っ

たものの、脇道から左門町の通りに出てからはゆっくりとした歩調に変わった。提燈に火が入っていないせいもあるが、逃げた一人を暗闇に捕まえるには人数を繰り出さねばならないことは分かっている。出せば木戸番小屋が詰所になる。それに、もう内藤新宿のほうへ逃げていることだろう。いまの騒ぎはおもてまで伝わらず、脇道の中だけで収まったようだ。暗い通りを木戸番小屋へ向かいながら、

「あんたが来ると思って、あの長屋の前で待っていたのさ」

杢之助は佐市郎に応えた。長屋の住人たちが万太を引いて行くのは、左門町の通りとは逆方向の忍原横丁だ。いま暗闇の通りに、人影は杢之助と佐市郎のみである。

「あんたに、罪を重ねさせないためにね」

「ええっ。そ、そんなら！」

「はい。分かっていやしたよ、五年前のことは。急ぎの大八だったたんでしょうねえ、音羽町で……それがおサヨだったたんでござんしょ」

「……な、なぜ、それを！」

もう木戸番小屋の前だった。明かりはない。

「ともかく、あんたは悪人じゃない。だから、一目で分かりますのさ」

「ううう」

「あ、ちょいとおもてで火をもらってきまさあ。つき合ってくだせえ」

二人は木戸を出た。街道にはぶら提燈が一つ二つと揺れている。大木戸向こうの内藤新宿の通りでは、いまごろ脂粉の香と女たちの嬌声が満ちているころだろう。清次の居酒屋にも客は入っていた。

「ちょいと火を。さっきもらったの、湯屋の向かいの路地で消しちまってねえ、それでこれから丸市の親方と番小屋でちょいと一杯」

「まあまあ、風もないのに火を消すなんて」

おミネはあきれたように言いながら提燈に火を入れた。声は板場にも届いている。

(喰いとめなすったな)

清次は得心したような顔を店場のほうへのぞかせ、杢之助は軽く頷きを返した。

三

自身番はにわかに人の出入りが激しくなった。

忍原横丁の通りは左門町とおなじ甲州街道の枝道で南方向に伸び、裏手のお寺の立ちならぶ一角に突き当たっている。その突き当たりに自身番はあり、左門町の人別帳や町の日誌はこの自身番に置かれ、左門町の町役たちも忍原横丁の自身番に詰めており、場所は忍原横丁であっても左門町の自身番も兼ね、杢之助がそこへの犯人護送を言ったのはますます正常ということになる。

長屋の若い者が御箪笥町に走り、

「なに！　五穀屋殺しの犯人を捕まえた‼」

源造は飛び上がり、街道を駆けながら着物の帯を締め羽織をはおった。駆けた。

自身番の板敷きの部屋へ飛び込むなり、

「万太、やっぱりてめえか！　もしやと思って昼間市ケ谷へ行き、およその見当はつけてたがなあ。まったく大それたことをしやがって」

乱れた髷の頭を殴りつけ、さらに小突いた。

「ううっ」

万太は首をうなだれたまま呻きを上げた。両手をうしろ手に縛られ、顔が腫れ上がっている。長屋の住人が相当痛めつけたのだろう。無理もない。みんなでいたわっているおサヨを人質に取って刃物を突きつけ、死ぬほどの恐怖を与えたのだ。

「酔っ払い相手の荒稼ぎならまだしも。てめえ、打首は免れねえぜ！」

源造は腹立ちまぎれにまた殴りつけようとした。

「よしなせえよ、源造さん。どうせ打首になる身だ」

忍原横丁の町役が諫《いさ》めるように言った。

「ま、可哀想だが、そうならあ。殺《や》っちまったものは仕方ねえからなあ」

源造は振り上げたこぶしを降ろし、

「さあ、どういう具合に捕まえたんだ。聞かせてくれや」

その場に腰を下ろした。岡っ引は手札をもらっている同心の目となり耳となるだけで、犯人に縄をかけたり尋問したりする権限まで与えられているわけではない。だが町の者が捕まえ自分が奉行所との仲介に呼ばれたからには、同心にその経緯《いきさつ》を報告しなければならない。自身番の板敷きには、長屋の月当番の者が町役や書役《かきやく》たちとともに控えている。

「へえ、長屋の路地でおサヨの悲鳴が聞こえたもので飛び出してみると……」

月当番の者は話しだした。話の途中にも、

「そうかい、そうかい。そうだったかい」

源造は何度も頷き、

「きのうの夜だ。丸市の親方がこいつらの影をチラと見ててな、もう一度見りゃあ分かるってんで、バンモクと一緒に探索に出てもらってたのよ。たぶん、おめえんとこの長屋に追いつめ、それで何も知らずに出てきたおサヨが人質になったのだろう。可哀想な思いをさせちまったなあ。みんなでいたわってやんねえ。それにしても丸市の親方、刃物を持った野郎に体当たりたあ大《てえ》したもんだ。そんなに腹の据わったお人とは思ってなかったぜ」

源造はしきりに感心し、周囲も伝馬町の親方が現場にいたことを納得した。杢之助と一緒にまわっていたとなれば、すべて辻褄《つじつま》は合う。

（木戸番人と一緒に夜まわり？）

万太は思っても、佐市郎が左門町の長屋を窺《うかが》っていた理由《わけ》は知らないのだ。

（俺たちをおびき出すため、謀《はか》りやがったか）

かえってそう思えてくる。

「そうかい、いまバンモクと一緒に千吉を探してるのかい」

さらに話を聞き源造は言ったが、慌てたようすは見せなかった。名前も面も割れれば、宿場役人にも八州廻りにも話を持って行きやすい。捕まるのは、

（時間の問題）

である。源造は、同心へ事の次第を知らせるため自身番から八丁堀と犯人探索の詰所が置かれている四ツ谷麹町の自身番に人を走らせると、

「じゃあちょっくら、万太を押さえた現場を拝ませてもらおうか。あしたの朝、詳しく報告しなきゃならねえからなあ。おサヨにも一声かけてやりてえや。さあ、案内してくれ。ついでに左門町の木戸番小屋にも行ってみらあ」

源造は腰を上げた。

左門町の木戸番小屋に明かりが入っていた。油皿の小さな炎が、すり切れ畳の上に杢之助と佐市郎の姿を浮かび上がらせている。淡い明かりの中にも、佐市郎の表情が緊張に彩《いろど》られているのが看て取れる。場合によっては、佐市郎も斬首刑の土壇場《どたんば》に送られることになるかもしれないのだ。

「佐市郎さん」

「…………」

「あんた、おサヨを殺《や》ろうとしなすってたね」

「うっ」

佐市郎はなにかを語ろうとし、言葉をつまらせた。杢之助はつづけた。

「だが、路地の入り口で、躊躇してなすった」

「…………」

「もし、あんたがなんのためらいもなく路地に入っていたなら、儂《わし》はあんたを許しませんでしたぜ」

「木戸番さん、あんた……！」

「ただの番太郎でさあ。この町が静かであって欲しいと、波風の元が外から入ってこぬように、ただそれだけを願っている……」

「波風の元……ですか。なにもかも、お見通しのうえで……」

佐市郎の全体からこわばりが消え、話し口調も落ち着きを取り戻したようだ。開き直りではない。かえって気の静まりを得たような、そんな雰囲気のなかに佐市郎の言葉はつづいた。

「どうすべきか、自分でも分からねえんでさあ」

声が掠《かす》れている。杢之助は、待つように耳を傾けた。

「……いまもだ。きょう夕刻に伝馬町を出たとき、刃物をふところに入れたのも、どうしていいか分からないまま」

「察しやす」

「殺ろう、口を封じさえすれば……その思いがなかったと言やぁ、嘘になりやす」

「で、ござんしょう。迷いを引きずったまま。だからあの若い者《の》にあとを尾けられていても、気がつかなかった」

「いま思えばあの二人、かえってありがたかったような……」

「思いなさるかい。同感ですぜ。あいつらがあんたに、善のほうへとっさの判断をする機会をつくってくれた。あのときのあんたが、いまを生きていなさる丸市の親方、本当の佐市郎さんなんでござんしょう？」

「………うう」

「しっ。来やしたぜ」

佐市郎が返答につまったなか、杢之助は低い叱声を洩らした。

腰高障子が音を立て、
志乃がチロリを二本かざすように示し、三和土に入ってきた。おミネではなく今回も志乃が来たのは、また状況を知るためである。杢之助は応じた。

「お茶よりもこのほうがと思いましてね」

「すまねえ、いつも。いまね、向こうのお長屋で佐市郎親方が勇を奮いなすって二人組の、ほれ、きのうの殺しの犯人。その一人を長屋のお方らが忍原の自身番に引いて行きやしたぜ。もう一人は逃げたままでね」

「えっ。まさかこの町に」

言いながら志乃はチロリをすり切れ畳の上に置いた。

「いえ、相手は思慮のない若造でさあ。気が動顚してともかく遠くへってんで、もう大木戸の向こうあたりでござんしょうよ」

「まあ。だったら安心していいんですね」

志乃はさも安心した表情をつくり、

「そんならお二人、ごゆっくり」

腰高障子にふたたび音を立てた。下駄の音が障子戸の向こうに遠ざかり、油皿の小さな炎も動きをとめた。

「みなさん、町と一体になってらっしゃるんですねえ」

ふたたび佐市郎の掠れた声が、すり切れ畳の上を這った。

「あ、」

杢之助は短く返し、チロリを引き寄せた。佐市郎はそのほうへ視線を投げ、

「実は、あのおサヨちゃんの足だが……」

「おっと、丸市の親方。木戸の番太郎は岡っ引じゃありやせん。町の人のためでありゃあ、隠しておいたほうがいいことだってありまさあ」

言って杢之助はハッとした。他人事ではないのだ。杢之助の全身が瞬時泡立ったの

を、佐市郎は気がつかなかった。

「さ、喉を湿らせてくだせえ」

湯呑みを手で示し、

「大事なのはこれからでござんしょう。さっき儂が言うまで、長屋の衆はあんたが伝馬町の佐市郎さんだとは気づいておりやせんでした。おサヨも多分そうでやしょう。儂が言ったとき、あんたはすでに明かりがとどかねえ所に引いていなすった」

「木戸番さん、あんた、だからあっしの名を……。いってえ、あんたは！」

「ははは。ただの番太郎でさあ。だから町の……、おなじことを何度も言わせねえでくだせえ。さ、やっておくんなさいまし」

杢之助は自分で湯呑みを口に運んだ。佐市郎もつられたように湯呑みを手に持ち、

「俺は、俺は……いってえ……どうしたら、どうしたら」

「だから言ったでやしょう。問題はこれから……」

杢之助は言いかけ、湿りを帯びた喉をつまらせた。佐市郎に言うべき言葉として、あまりにも軽すぎた。湯飲みを持った佐市郎の手が、小刻みに震えていたのだ。

不意だった。

「おう、明かりが点いてるじゃねえか。いるのかい」

源造である。だみ声が大きい。腰高障子が派手に音を立てた。杢之助はまたもハッとした。不意の声に対してではない。来ることは予測していた。それなのに、大きな声を聞くまで気づかなかった。いつもなら、声や障子戸の音よりも早く障子戸の外に気配を感じていたのだ。

「おぉ、やはり丸市の親方も一緒でしたかい。聞きやしたぜ、聞きやしたぜ。刃物を持った野郎に体当たりたぁ。さっそくあした同心の旦那に報告してきまさあ。滅多にねえお手柄でござんすよ」

言いながら源造は太い眉毛をひくひくさせながらすり切れ畳に腰を落とし、杢之助と佐市郎が対座するほうへ身をよじり、

「おっ、いい匂いがすると思ったら」

「ま、源造さんもおやんなせえ」

杢之助は腰を上げ、三和土の隅の流し場から湯呑みをもう一つ持ってきてチロリの冷酒をそそいだ。

「なかなか気が利くじゃねえか」

源造は一気に呷《あお》り、

「それにしてもご両人、まあのんびりと。一人逃げたのでは？」

「のんびりはあんたのほうだろう。儂は岡っ引じゃねえし、丸市の親方は堅気《かたぎ》だぜ」

「まあ、そう言うな。だがよ、慌てるこたねえ。面《つら》も名前《なめえ》も割れたとなりゃあ、あとはこっちのもんよ。丸市の親方が体当たりしなすったのが万太って野郎で、よたよた逃げやがったのが弟分の千吉だ。いまごろどこをほっつき歩いてやがるか。もうとっくに大木戸の向こうだろうよ」

「…………」

佐市郎は無言である。

「源造さん。岡っ引のあんたまでそれでいいのかい。やることがまだあるんじゃねえのかね」

言いながら杢之助はまた源造の湯飲みに冷酒を注いだ。

「分かってらあよ。この前を通ったら明かりが点いてやがるから、ちょいと寄ったまでだ」

源造は湯呑みを口にあて、

「それにしてもバンモクよ。おめえ、暗闇のなかにただ突っ立ってただけっていうじゃねえか。だらしがねえったらありゃしねえぜ。おっと、責めてるんじゃねえ。褒めてるんだ。よく見つけたとな。それに、丸市の親方には礼が言いたくてよ」

言い終わると一気に飲み干し、腰を上げた。

「あ、御箪笥町の親分さん」

「なんですい」

黙していた佐市郎に声をかけられ、源造は腰高障子に向けた身を振り返らせた。

「きょうのことは、あの長屋のお人らの手柄に……。あっしはただ……」

「儂と一緒に見まわっていただけと……そう丸市の親方は謙遜しなすってるんだ。それに、一人逃がしてしまったことを気になさいやしてな」

すかさず杢之助はあとの言葉を引き取った。

「ははは、一人で十分でさあ。二人とも捕まえてもらったとあっちゃ。かえって俺の立つ瀬がなくなりまさあね」

本音である。

「だからこれから、この一帯の自身番をまわって注意を呼びかけるのでさあ。あとはこっちに任せておくんなせえ」

町々に岡っ引の存在を示すいい機会である。源造は敷居を外にまたいだ。

「また、開けっ放しのままだ」

言いながら杢之助は、さっき下ろした腰をまた上げ、三和土に下りた。

「あ、木戸番さん。あっしもきょうは……これで」

李之助は動きをとめ、

「そうしなさるかい。ならば儂も」

すり切れ畳に上がり、提燈に火を移し、拍子木の紐を首にかけた。

一緒に出た。源造の姿はもう見えない。

李之助は居酒屋の前まで佐市郎を見送った。

「これをお持ちなせえ。きょうのこの日です。提燈なしで歩いてたんじゃ、怪しまれまさあ」

木戸番小屋の提燈を佐市郎に渡した。

「……木戸番さん」

佐市郎は李之助の目を見つめた。李之助は応じた。

「儂しか気づいておりやせん。これからのことは、あんた自身で……」

さきほど軽すぎると思った言葉を口にした。佐市郎は無言で頷いていた。

清次の居酒屋にはまだ明かりがあり、軒提燈も出ている。中に客のいる気配はないが、動きの気配はある。おミネや志乃が後片付けをしているのだろう。

佐市郎の背が、しだいに闇の中に溶け込んでいく。その背に、

「ううっ」

わが身を思えば、李之助はブルッと身震いを禁じ得なかった。

「李之助さん、佐市郎さんお帰りになったようで」

佐市郎が遠ざかるのを見計らったように、暖簾から清次が出てきた。

「おう」

李之助は応じ、

「あとでな」

「へえ」

ほんの一言ずつの会話だった。李之助はきびすを返した。その背に、

（李之助さん）

思わず清次は心中に呟いた。その姿は、木戸の提燈を手に遠ざかる佐市郎の背を、そっくり写し取ったものだったのだ。

提燈の灯りがないまま、李之助は木戸番小屋の前を素通りし、そのまま左門町の通りに歩を進めた。

「火のーよーじん」

清次は通りのほうから聞こえてくるのを耳にした。つづけて拍子木の音が響く。

「あらあら、小屋の火を点けたままで、危ない。それに湯飲みが三つも出しっぱなし」

声を入れても返事のない木戸番小屋におミネが入り、出しっぱなしの湯呑みを流しにかたづけ、

「消し忘れたんだね、杢のおじちゃん」

と、太一が油皿の火を吹き消した。杢之助が火の用心にまわるとき、部屋の火を消し忘れるなどこれまでなかったことである。

また聞こえてきた。拍子木の音だけだった。

四

杢之助の心中は震えていた。拍子木を打ち、一歩一歩踏み出す足もこわばっている。それでも下駄には音が立たない。人並みに響かせようと意識したこともある。かえってぎこちない歩き方になり、

「――おや、杢さん。年かねえ、腰を痛めなさった？」

町の住人から言われたことがある。逆に忍びのような日常が、杢之助の以前を示していることに気づく者はいない。

——飛脚

誰もがそう思っている。それもまた事実の一端なのだ。

足音も立たず提燈の灯りもなく、その影は左門町の通りを進んでいる。拍子木を打った。

（あの頷き、なんだったのか）

硬い響きのあい間に、杢之助は思えてくる。

「——これからのことは、あんた自身で」

言った言葉に、佐市郎は頷いていた。足を引きずるおサヨの姿を見れば、轢き逃げ犯への怒りが湧いてくる。だが佐市郎を見れば、

（いまを懸命に生きていなさる）

急ぎの大八車で、まったく一瞬の不注意だったに違いない。気が極度に動顛し、眼前に起こった非情から、

（逃れたい）

大八車とももどもその場から少しでも遠くへとただ走った。それが佐市郎には針のムシロとなって日々を苛《さいな》み、いま心ノ臓を刺そうとしている。

拍子木を打とうとした。

（ん？）

手をとめた。湯屋の向かい、脇道に入る手前である。その陰に人の気配を感じたのだ。杢之助は腰を落とし、さらに気配を探った。一人のようだ。暗い空間に、その者の心ノ臓が早鐘のように高鳴っているのが伝わってくる。

（怯《おび》えてやがるな）

杢之助は感じ、腰を落としとっさの動きに蹴りを入れる体勢のまま、

「千吉か」

「うっ」

名を呼ばれたことに、影は反応を示した。

「おめえ、まだこんなとこをうろついてやがったのか。とっくに大木戸の向こうへずらかったと思ってたぜ」

「ううう」

「そんなとこにうずくまってねえで、出てきねえ。おっと、儂は岡っ引じゃねえ。かといって安心してもらっても困るが、なんならもう一度蹴りを入れて、今度こそ骨をばらばらにしてやろうか」

「えっ」

闇の中に、さきほどの相手と悟ったか、

「うっ」

影はさらに身を小さくした。

(逃げらねえ)

分別をつけたような、そんな身の縮《ちぢ》めようだった。

「恐がるな。そんなに怯えるんなら、なんだってまた舞い戻ってきやがった。この町にゃ迷惑だぜ」

千吉を、捕縛の恐怖から解き放つ言葉だった。千吉はうずくまったまま、

「あああ、兄イのようすを、みみみ、見に」

「ほう、そうかい。そいつは殊勝な心がけだ。万太なら隣町の自身番に引かれて行ったぜ。あしたには八丁堀の大番屋だろうよ」

「ししし、死罪か」

「儂がそんなこと知るかい。おめえ、まだ若《わけ》えようだが、いくつだい」

「じゅ、十七」

「そうか、十七か。岡っ引が〝あのガキども〟と言ってたのも無理はねえなあ」

やわらかい口調に千吉はうずくまったまま、顔だけを浮かせた。その表情が怯え緊

張しているのが、李之助には感じ取れる。

「お、俺じゃねえ。あ、あの父つぁん、まっとうに生きろなどと説教しやがるから、あ、兄イが、いきなり刺して……だから……」

「逃げた。それで居酒屋の前で。儂も見てたぜ。まったくおめえら慌ててやがった。因果よなあ、ぶつかったのが荒稼ぎを仕掛けて追っ払われた相手だったとは」

「あ、あんた、いってえ……そんなに、なにもかも」

「なんで知ってるかってか」

突然だった。

「そ、そこに、誰かいるのか！」

脇道の奥から声が飛んできた。長屋の路地の入り口付近だ。提燈の小さな灯りが見える。影は二つだった。長屋の住人が警戒のため見まわりに出ているのだろう。ゆっくりと、おそらくへっぴり腰であろう。半歩、一歩と近づいてくる。

「儂でさあ、木戸の……」

李之助は声を投げ、拍子木を打った。影の安堵したのが見て取れる。

「逃げな、遠くへだ」

「えっ」

「さあ」

押し殺した声で言うと杢之助は腰を伸ばし、

「ちょいと心配でなあ、恐いからわざと提燈なしで」

「見まわってなさったか」

「あ、」

まだ明かりの範囲内ではないが、軒端にうずくまる千吉を背へ隠すように、提燈のほうへ歩を進めた。

「誰か、ほかにいなさるので？」

もう一人の声だった。

「いや。なにぶん暗いもので、つい壁づたいに、もたついてしまいましてな」

「そうでしたかい。で、おもてのほうは？」

「なにもございせん。お長屋のほうは？　おサヨちゃん、もう落ち着きやしたか」

杢之助は二人の提燈を、長屋の入り口のほうへ押し戻すように問い返し、

「おコマさん、まだ起きていなさるかね。ちょいと見舞ってみたいが」

長屋の路地に入った。すべての部屋に明かりが点いている。今宵は長屋全体で警戒しているようだ。

くのは」
「それより杢さん。さっき捕まえた人殺し、あしたの朝かねえ、大番屋へ引かれて行

一人が言うのへ、
「そりゃあ源造さんに訊いてくんねえ。それよりも一人逃げてるんだ。もう一度まわってみらあ。そうそう、その提燈一つ貸してくんねえか。やっぱり灯りがあるほうがいいや」

杢之助は長屋の住人に提燈を借り、
「気をつけなせえ」

住人の声を背に長屋の路地を出た。

脇道を戻り、千吉のうずくまっていたところに提燈をかざした。

（ふふ。さっき背に気配を感じたぜ）

実際に長屋の路地へ入るとき、背後に動きを感じた。千吉に機会を与えるため、わざわざ長屋の路地に入り、脇道をもとの闇に戻したのだ。

左門町の通りへ出た。闇の空洞である。その前方、さらに大きな街道の空洞に出るところへ、チラと人の影が動いたのを感じた。影は大木戸のほうへ消えた。

（まっとうに、な）

五穀屋の旦那が諭《さと》したという言葉を、杢之助は胸中に念じた。千吉の言ったのを丸呑みしたわけではないが、五穀屋の旦那を刺したのは万太と看《み》て間違いないだろう。へっぴり腰で虚勢を張るのが精一杯の千吉にはできない。長屋の入り口で蹴りを入れたときも、

（人を刺せる勢いではなかった）

のである。

提燈の取っ手を腰に差し、

「火のーよーじん」

拍子木を打った。

二、三度つづければ、もう木戸番小屋の前である。

杢之助は本来の神経を取り戻していた。

「清次よ、出てきねえ」

木戸番小屋の陰に声をかけた。

「さすがですね。明かりがないので、ここで待たしてもらいやした」

「ははは。儂まで気が動顛してないか試したかい」

「いえ、そんなわけじゃ。それよりも、さっき若造のような影が木戸をこそこそ出て行きやしたが、千吉とかじゃ？　杢之助さんが逃がしなすったので？」

「まあな。入れや」

二人は木戸番小屋に入った。腰高障子に音は立たず、杢之助の提燈に灯りがなかったなら、通りを人が通っても木戸番小屋の動きにまったく気がつかないであろう。それが杢之助と清次である。

提燈の火が油皿に移った。清次はチロリを提げていた。

「はは、さっき来た源造さんの言いぐさじゃねえが、気が利くぜ」

対座したすり切れ畳の上に湯呑みとチロリが動く。

万太がおサヨを人質に取ったようすから、千吉がさっき木戸を走り抜けて行った経緯を話した。

「そりゃあおサヨは、佐市郎さんの顔を見る余裕はなかったでしょう。あした、あっしが確かめておきまさあ。それにしても、源造さんが杢之助さんを〝突っ立ってただけで〟と言ったのはおもしろうござんすねえ」

清次は愉快そうに言うとすぐ真顔になり、

「千吉を逃がしてやりなすったのは？」

「五穀屋の旦那殺しは許せねえが」

「じゃあ、刺したのは万太のほうで？」

「そういうことになろうよ。数々の荒稼ぎの末よ。死罪は免れめえ」

「たぶん」

「千吉も捕まりゃあ早晩、首と胴が離れらあ。儂の手で押さえられると思うかい」

「…………」

「他人《ひと》さまに迷惑さえかけねえ生き方をすりゃあ、あと何十年も年行《としゆ》きを重ねられる身だぜ、千吉って野郎は」

「へえ」

清次は得心したように頷き、

「杢之助さん」

湯呑みに落とした視線を上げた。

「佐市郎さんも、まだまだこれから年行きを……」

「読めねえ。この左門町で、いつ鉢合わせになるかしれねえ。おサヨとおコマさんの、そのときの胸の内がよう。あぁぁ、分からねえ。どっちの思いをどう汲みゃあいいんだい」

呻くように李之助は声を絞り、

「清次よ。きょうはもう最後だ。もう一度まわってくるぜ、火の用心を」

「へえ」

李之助が腰を上げたのへ、清次も戸惑ったようにつづいた。

五

日の出の明け六ツの鐘が響くころ、朝の早い納豆売りや豆腐屋が、

「左門町の木戸はいつも確実で助かりまさあ」

と、李之助が木戸を開けるのを待っている。

長屋の路地からはすでに、水を汲む釣瓶《つるべ》の音に混じって団扇《うちわ》で七厘《しちりん》をあおいでいるおかみさんもいる。その煙の中に納豆売りや蜆《しじみ》売り、豆腐屋が触売《ふれうり》の声とともに入り込んでくる。

「ねえ、聞いた？　麴町の殺し、きのうの夜この町で犯人が一人捕まったのさ」

「えっ、ほんとで？　ゴホン」

煙の中で聞き、びっくりしたような声を上げたのは豆腐屋のようだ。

「へへん、ゴホン。この町の住人が捕まえたんだぜ」

誇らしげに言っているのは松次郎のようだ。噂は棒手振《ぼてふり》たちを通じ、たちまち一帯に広がるだろう。

朝の喧騒に一段落のついた明け六ツ半（およそ午前七時）ごろ、

「おう、杢さん。行ってくらあ」

聞こえるのは長屋から外商《そとあきな》いに出る職人たちの声である。木戸番小屋に日課のように声を入れるのは鋳掛屋の松次郎で、

「きょうも四ツ谷御門前だ」

と、そのあとにつづくのは羅宇屋の竹五郎である。

「おうおう、また帰りに話を聞かせてくれ」

「いいともよ」

「きょうは仕事が楽しみだ」

下駄をつっかけおもてに出た杢之助に、松次郎と竹五郎はいつもの景気づけの仕草を見せた。殺しの起きた町の近辺をながし、自分の町で犯人を一人取り押さえたのだから、自分でなくとも鼻高々である。もちろんそこには、

「伝馬町の丸市の親方。度胸のあるお方でござんすねえ」

と、佐市郎の話も当然出ることになろう。

街道はすでに荷馬や大八車が行き交い、土ぼこりの舞う一日が始まっている。

「――佐市郎さん、今夜は眠れんだろうなあ」

昨夜、清次と話し合ったことである。けさ起きてからも、

(偶然なんかじゃねえ。因果よ、なにもかも)

何度思ったであろうか。

このあと太一の声が聞こえ、おサヨの下駄の音が響くまでいくぶんの間がある。

「さて、荒物でもならべるか」

腰高障子の前で大きく伸びをし、敷居を中へまたごうとしたときである。

「木戸番さーん」

通りを走ってくる者がいた。男の声で、新しい噂があればまっさきに木戸番小屋へ走ってくる一膳飯屋のかみさんではない。

「ん?」

振り返ると、

「きのうはほんとうご苦労さんでやした」

と、昨夜提燈を借りた長屋の住人だった。

「ほう、ほうほう。なにかありましたかい。提燈、これから返しに行こうと思ってたところさ」

「そんなのいつでもいいや」

住人は木戸番小屋の前に立ちどまり、

「おサヨのことでさあ。衝撃が大きかったのだろうねえ、可哀想に」

「えっ、どうしたい」

「それが、もう怯《おび》えちまって。おコマさんがちょいと外へ出ようとしただけで、しがみついて離れねえのさ。それで俺が代わりにおもての居酒屋さんへ、きょう一日休ませてもらいてえと話しにさ。ま、あしたにでもなりゃあ長屋のみんなで励まして、なんとか仕事に出られるようにすらあよ。それによ、木戸番さん」

と、杢之助にも話があるようだ。

「さっき長屋のみんなで話し合ったのさ。伝馬町の丸市の親方、大《て》えしたもんだ。あのお人がいなかったら、おサヨはどうなっていたか分からねえ」

「そうだった、確かに」

杢之助は相槌を入れた。

「そこでだ、この事件が一段落つけば、みんなでお礼に行こうと思ってな。もちろんおサヨも一緒だ。そこで、きのうの夜現場にいた木戸番さんにも、俺たちを丸市の親方に引き合わせる役目として、つき合ってくれねえかってことになったのさ」

「えっ」

杢之助は内心仰天したのを抑え、

「いいともよ。で、一段落ついたらって、いつだい」

「う一ん。ま、二人目が捕まるか、おサヨがもとどおり元気なるか、まあ、そのあたりだ」

具体的な日にちは決めていないようだ。

住人はそれだけ言うと、

「ちょいとおもての居酒屋さんに行ってくらあ」

木戸番小屋の前を走り抜けたのへ、

「あ、ちょっと待ってくんな。儂もこれからあんたらのお長屋へおサヨを見舞いに行ってくらあ。清次旦那に木戸番がそう言っていたと伝えておいてくんな」

「いいともよ。お安い御用だ」

住人は木戸を走って出た。職人姿で、仕事に出る前のようだ。

おサヨが昨夜、佐市郎に気づいたかどうか、清次に代わって自分が聞きだそうとい

うのだ。聞き出したところで、

(いかに処理すべきか)

目算はない。ただ、おサヨと佐市郎が面と向かい合う日が近くなったのだ。場合によっては、昨夜取り押さえた万太より早く打首になるかもしれない。杢之助はその足で左門町の通りを湯屋のほうへ向かった。

おもてでは清次が、

「さようですかい。おサヨがねえ、無理もねえと思いますよ。私も木戸番さんと一緒に、見舞いに行きたいくらいです」

話しに来た長屋の住人に言っていた。その心中には、おサヨにとっての衝撃の大きさが、昨夜の件からだけではないことを解していた。

(考えてみれば、おサヨも不運な娘だ)

清次とおなじことを思いながら杢之助は歩を進め、湯屋の向かいの脇道に入ろうとした。案の定だった。

「ちょいとちょいと、杢さん!」

湯屋の隣の一膳飯屋から、色白で小太りのかみさんが飛び出てきた。

「おう、おかみさん。儂はちょいとそこの……」

「お長屋かい、見てきたよ。杢さんも一緒だったんだってねえ、伝馬町の親方と。おサヨちゃん、よかったよう。さっき忍原の自身番へ見に行ったんだけど、あの犯人、引かれて行ったよ。縄付きで、八丁堀の大番屋へさあ」

源造は意気揚々と列の先頭を歩いていたことだろう。

「ねえ、ねえ。もう一人、まだなんだって？　恐いよう。何かあったらすぐまた教えておくれよ」

まったく恐そうな顔はしていない。

「あ、、源造さんが来りゃあ分かることもありまさあ。待っててくだせえ」

杢之助は一膳飯屋のかみさんを振り切るように脇道に入った。

長屋の路地の入り口前で、

「あらら、おもての木戸番さん。事件のあとも見まわってくれていたそうで。ここもさっきまで大変だったんですよう」

路地に出ていた長屋のおかみさんが、杢之助の顔を見るなり駈け寄ってきた。

「大変って？」

杢之助は立ちどまった。

「朝早くからさあ」

おかみさんは語りだした。同心が奉行所の小者や自身番の書役をつれてきて、住人にあらためて聞き込みをし、

「――はい。昨夜の万吉からの聞書《もんじょ》とまったく相違ありませぬ」

自身番の書役が言い、同心は満足そうに大きく頷いたという。

杢之助は内心ホッとした。これで自身番の聞書は正式なものとして奉行所で採用され、あらためておサヨとおコマを含めた長屋の住人と大家に杢之助、それに佐市郎が奉行所のお白洲に呼ばれることはない。そう読んだ。一同がそろって奉行所に呼ばれるのを、杢之助は秘かに懼《おそ》れていたのだ。

聞書は、

――丸市の親方と左門町の木戸番人に追いつめられた賊が

おサヨを人質に取ったところから始まる。万太は、訊かれたことだけを喋り、余計なことは話さなかったようだ。万太はあのとき、弟分の千吉が杢之助に蹴りを入れられたことも詳しくは知らないはずだ。それに一方、なぜ丸市の親方と左門町の木戸番が賊を追いつめたか、

「そりゃあ犯人が舞い戻るとにらみ、あっしが二人に依頼しておいたのでさあ」

岡っ引の源造が証言するはずである。それが手柄にもなるのだ。

李之助は長屋の腰高障子の桟《さん》に手をかけ、

「おもての木戸番でございます」

故意に音を立て、開けた。九尺二間の部屋の中で、おコマがおサヨの肩を抱き寄せていた。蒼ざめている。気晴らしに外へ出そうとすると、おそらく激しい拒否反応を示すだろう。そのようなところへ、また昨夜の件を切り出すのはためらわれた。だが言った。木戸番小屋を訪れた者がすり切れ畳に腰を下ろし、李之助のいる奥のほうへ身をよじるのとまったくおなじ格好で、

「無理もないやね。その歳で二度も死ぬ思いをしたのだからねえ」

おコマが無言のまま肯是《こうぜ》するように数度頷き、おサヨは顔をおコマの脇腹に埋めたまま、小さな体をピクリと動かした。反応を示したのだ。李之助はつづけた。

「それにしても、儂なんざ足が棒のようになっちまって動けなかったのだが、大八車の親方、佐市郎さんだけど」

李之助の言った〝大八車〟に、おサヨはまたビクリと反応を見せた。やはり、あのときの恐怖もよみがえらせていたのだ。おコマがふたたび肯《うなず》き、

「あのお方が丸市の親方だったなんて、あとで長屋の人から聞くまで、まったく知りませんでした。存じ上げない方でしたから」

「そうでしたかい。顔も？」

　思い切った問いである。反応を待った。おコマは言った。

「えゝ、あたしはお顔を拝見したのですが、この娘《こ》はきのうも、それに五年前のときも、相手の顔を見ていないのですよ。だけどきのう、犯人の顔ははっきり見たらしく、思い出しては震えだすんです。きっと、五年前の轢き逃げも、恐ろしい形相だったんでしょうねえ。あのとき、轅《ながえ》の棒に撥ね飛ばされ車輪に轢かれ、あぁぁ惨《むご》いこと。相手の顔を見ていなかったのがかえってさいわいでした」

「さいわい？」

「はい。きっと鬼のような形相でございましょう。だったらこの子、思い出すたびに悲鳴を上げ、震えなければなりませんから」

「そう、そういうことですかい。見ていなかったから、かえってよかったと」

「はい。昨夜の伝馬町の親方には、なんとお礼を申し上げてよいやら。是非ともおサヨをつれてお礼に上がらねばと。この長屋のお人らも、一緒に行ってくれるとかで、もうあたしは……」

　つづけたおコマの言葉に杢之助は、すぐ返答ができなかった。

　おコマはなおもおサヨの肩を抱く腕に力を入れ、

「清次旦那にもお志乃さんにも、ほんとにご迷惑おかけします、ほんとうに」

「なあに、儂からも清次旦那に話しときまさあ。それよりも太一が寂しがりますぜ。ゆっくり心の養生をさせてやりなせえよ。早くお天道さまの下を歩けるようになればよござんすがねえ」

杢之助はゆっくりと腰を上げた。

外に出た。

・

「ふーっ」

路地で大きく息を吸い、吐いた。

(因果だぜ、なにもかも)

歩を踏み、左門町の通りを木戸番小屋に向かった。おサヨが五年前、佐市郎の顔を見ていないと知った瞬間、

(すぐ佐市郎さんに知らせてやろう)

確かに思った。だがいま、否定している。

(儂はなにも、轢き逃げ野郎に味方しているのじゃない。ただ……)

「あらあ杢さん。まだ一人逃げたままなんだってねえ」

すれ違った顔見知りのおかみさんに声をかけられた。

「あゝ」

返し、

「夜の木戸、しっかり頼みますね」

背に聞いた。歩は木戸番小屋に近づいた。

六

「ええ！」

杢之助は声を上げた。木戸番小屋の腰高障子を開けようと桟《さん》に手をかけたときだった。軽い下駄の音とともに、

「杢さん、杢さん。おもてに源造さんが来て待ってなさる」

おミネが呼びに来たのだ。さきほど太一を街道向かいの麦ヤ横丁に見送り、その足で清次に言われ木戸の中へ引き返してきたようだ。

「源造さんが？」

杢之助にすれば、源造は忍原横丁の自身番から肩で風を切りながら八丁堀の大番屋に向かったはずなのだ。そういえば一膳飯屋のかみさんは、万太を引いて行く列に源

造がいたとは言っていなかった。

「どういうことだい」

木戸の外へ急いだ。確かにいた。清次の居酒屋に、おもての縁台に客はいても中には源造一人だった。清次も店場に出てきて緊張した顔になっている。

「どこへ行ってやがった。待ってたんだぜ」

樽椅子から立ち上がった源造に杢之助は、

「あんたこそ、万太を大番屋へ引いて行ったのじゃなかったのかい」

「それどころじゃねえ。片割れの千吉が殺されたぜ」

「えっ」

清次が緊張していたのは、その話を源造から聞いたためのようだ。あらためて源造は話しだした。

源造の知らせで奉行所が八州廻りに合力《ごうりき》を依頼するよりも早く、四ツ谷麴町の自身番に内藤新宿の宿場役人の手の者が飛びこんできたという。夜明け間もなくだったらしい。杢之助が左門町の木戸を開け、長屋の路地に七厘の煙が充満していたころになる。四ツ谷麴町で行きずりの殺しがあった噂は、きのうのうちに内藤新宿にも伝わっている。夜明けには一人が押さえられ、一人が逃げたことも知れわたり、宿場役人を兼ねる内藤新宿の旦那衆や、色街の暖簾の一軒一軒と款《かん》を結び夜更けてからの治安を守っている店頭《たながしら》たちは警戒態勢に入った。その宿場役人の手の者が、

「――死体がそちらさん縁《ゆかり》のものだったなら引き取ってくれ」

と、いうのである。源造は知らせを受け、四ツ谷麴町の町役と一緒に夜明けの街道を走った。松次郎や竹五郎が左門町の木戸を出る前であろう。志乃もそれには気づかなかった。

死体は色街の路地裏に転がって粗莚《あらむしろ》をかけられていた。見れば確かに千吉で、数カ所に刺し傷があった。

「逃げるには銭がいらあ。それを得ようとどこかの茶屋から出てきた旦那に荒稼ぎを仕掛けたのだろう。それを町の店頭の若い者に見つかり、始末されたんだろうよ。向こうさんはそんな口振りだったぜ」

源造は吐き捨てるように言う。死体のようすを聞けば、杢之助にもそのくらいは想像できる。どこの宿場でも村でも、行き倒れがあってふところに道中手形があれば、真っ当な人間としてねんごろに扱い手形の発給元に飛脚を立て、荼毘《だび》に付した遺骨を寺に預け、引き取り手が来るまで何十日も何カ月も待っている。飛脚で東海道を走っていたとき、杢之助は何度もそうした場面に出会い、知らせの文《ふみ》を運んだこともある。

だが死体が無宿の八九三《やくざ》者であったなら、迷惑料代わりに身ぐるみを剝ぎ、残った体は川か谷底で、あとは魚や狼《おおかみ》の餌《えさ》となる。

千吉はいくばくかの銭《ぜに》を求め、ほろ酔いの男にからんでいったのだろう。店頭は店から見ヶ〆《みかじめ》料をもらっている以上、お客の行き帰りの安全にも気を配っている。宿場役人もそれを頼りにしている。その網にかかったのだろう。

本来なら不逞《ふてい》な余所者の死体は夜明け前に無縁寺へ運ばれ、街に事件などなかったことになって明け六ツの鐘を聞くことになる。それを内藤新宿の宿場役人は死体をそのままに、四ツ谷麴町の自身番に知らせてきた。となり合った町同士の親切心からである。だから麴町の町役も源造も、すぐさま尻端折《しりはしょり》で走ったのだ。お隣さんに迷惑はかけられない。

「町役さんに頼んでよ、さっそく丸市に大八を出してもらい、俺は大木戸向こうの町役と、ただの行き倒れってえことで話をつけてきたのよ。ま、死体は八丁堀の旦那が麴町の自身番で面だけ確認し、あとは町役さんたちが無縁寺に葬りなさらあ。これで一件落着よ。思ったより早くかたづいた。これもおめえが丸市の佐市郎さんと見まわってくれていたおかげだ。礼を言うぜ。俺はこれからあちこち廻って後始末をつけなきゃならねえ。もうすぐここの前にも丸市の大八の音が聞こえてくるだろうよ。清次旦那、お茶の一杯でも出してやってくんねえ」

源造は店場に立ったまま一気に話し、

「これで五穀屋の旦那も浮かばれようが、千吉たらぬかすガキめ、まったくつまらねえ死に方をしやがって」

吐くように言うと暖簾の前で一呼吸つき、街道を走り去った。

「………」

店の中には沈黙がながれ、おミネも事態のながれにおよその察しがついたのか、言葉を失っている。

おもてに影がさした。

「あ、いらっしゃいまし」

「は、はい」

志乃とおミネは縁台の客へ茶の用意にかかった。

「こう言っちゃ千吉とかの若いのに酷《こく》かもしれやせんが、自業自得でさあ」

まだ暖簾のほうへ視線を投げたままの杢之助に、清次は低く言った。

「……荒物、まだ並べていなかった」

杢之助はポツリと言い、暖簾を出た。旅に出た仲間を大木戸まで見送った帰りか、

お店者が四人ほど縁台に座り、

「うまく話をまとめてきてくれればいいのですがねえ」

「そう、大きな商いになりそうだからねえ」

などと話しているのが聞こえた。

番小屋の腰高障子に手をかけた。街道に大八車の音がした。振り返った。大木戸のほうへ走る大八車は、すぐ見えなくなった。先頭を尻端折に半纏姿の佐市郎が走り、ねじり鉢巻の人足が車を引き、そのうしろに町役が遅れまいとつづいていた。一瞬だった。それらの足元にも車輪にも土ぼこりが舞っていた。おミネや志乃は、呼びとめる間もなかったろう。

（源造さんも、粋なことをしなさる）

杢之助には思えた。運びが死体であっても、丸市は町の仕事を請けたことになる。町へさらに根を降ろし、向後の仕事もしやすくなろうというものである。源造からの、昨夜の〝手柄〟に対する秘かな褒美かもしれない。

さきほどの車輪の音が、まだ耳に残っている。つぎにあの大八車が左門町の木戸の前を通るときは、十七歳の死体を積んでいることになろう。

（ねんごろに扱ってやんなせえ）

思いながら、すり切れ畳に荒物をならべた。まだ朝の内である。荒物を買いに来る住人はいない。が、けたたましい下駄の音は聞こえた。一膳飯屋のかみさんだ。半開きの腰高障子を勢いよく押し開け、

「杢さん、杢さん！　源造さん、おもての清次旦那のところへ来てたんだって？」

見かけた住人が話したのだろう。かみさんは三和土に立つなり、

「で、どうだった。もう一人のほう、捕まったって？」

「あゝ」

荒物の奥に胡坐《あぐら》を組んだまま、杢之助は応えた。

「えぇ！　ほんとに⁉」

「内藤新宿の路地裏でな、殺されてたって」

「えぇえ‼　宿《しゅく》の路地裏で？　だったら、与太同士の喧嘩かなにか！」

「たぶん、そんなところだろうよ」

「大変だあ、こりゃあみんなに知らせなくっちゃ」

かみさんは小太りの身をくるりと外に向け敷居を飛び越えた。かみさんにすれば珍しく、障子戸を開けたままに走り去った。杢之助はもうすぐ死体がおもての街道を通ることは話さなかった。話せば街道に人だかりができるだろう。それが杢之助にはた

まらなく嫌だった。

木戸番小屋に、一人の時間がながれた。太陽はもうかなり高く昇っている。

「杢さん、杢さん！」

おミネがまた呼びに来た。理由は分かっている。杢之助は急いで下駄をつっかけ、おもてに出た。大木戸のほうから走ってきた丸市の大八車を清次が街道の真ん中まで出て停め、人足も縁台に座らせ志乃が茶をふるまっていた。丸市は常に速さが売りだから、こんな場合でも急ぐように走っていたのだ。

「ありがてえ」

人足は旨《うま》そうに茶を飲み、二杯目を志乃に注いでもらっていた。まだ若く、千吉とさほど歳も違わないように見える。

「木戸番さん」

佐市郎は湯呑みを持ったまま縁台から立ち上がり、

「うむ」

杢之助は頷き、大八車の荷台に視線を投げた。ムシロが幾重にも重ねられ、荒縄でしっかりと括《くく》りつけられている。一見、何を運んでいるか分からない。杢之助は無性に腹が立ってきた。昨夜言葉を交わし逃がしてやった千吉なる若者がいままで歩んできた、おそらくは褒められたものではない人生と、そしていま死体となって目の前へいることに対してである。

「さあ、長居はこちらさんへのご迷惑だ。参りましょう」

同行していた麴町の町役も縁台から腰を上げ、佐市郎と若い人足をうながした。一息入れた大八車は、土ぼこりとともに荷馬や往来人、町駕籠のあい間にみるみる小さくなった。


四ツ谷御門前の一帯をながした松次郎と竹五郎が戻ってきたのは、まだ陽の高い時分だった。効率よく仕事ができたようだ。

「なんともなんとも、えれえ評判だったぜ」

「そおそお、その話でもちきりだった」

木戸番小屋の三和土に立つなり松次郎が言い竹五郎がつなぐ。午前中は万太が左門町で捕まったのが話題の中心で、松次郎も竹五郎も胸を張って現場にいたような講釈を何度もしたようだ。すり切れ畳に腰をかけ、それを話すにも意気揚々としていた。だが午《ひる》を過ぎると話題は変わった。千吉の死体が麴町の自身番に運び込まれ、市ケ谷から千吉の顔を知った者が呼ばれて再度確認したあと、すぐに無縁寺へ投げ込まれた件が中心となった。これには松次郎も竹五郎も驚いたものだった。

「とまあ、そういうことだ」

と、ひとしきり話してから、

「さあ、きょうはたっぷり湯に浸かろうぜ」

「あゝ」

松次郎につづいて竹五郎も腰を上げ、

「だけどよ、千吉たらぬかす野郎はまだガキだっていうじゃねえか。万太って野郎もそうだが、情けねえよなあ」

「そお、まったくつまらねえ」

言いながら敷居を外にまたいだ。二人が湯屋に行けば、湯舟で話題の中心になることだろう。そのまえに一膳飯屋のかみさんにつかまるかもしれない。

(そおよ。哀れなほど、つまらない一生を送りやがってよ)

すり切れ畳の上で、杢之助は反芻《はんすう》した。万太も数日後には首と胴が離れる。

「うっ」

杢之助は息を詰まらせた。おサヨは顔を見ていないというが撥ね飛ばされたとき、肩を、腰を、目にしたかもしれない。あらためて会えば、なにをどう思い出すか分からない。

七

　ようやくおサヨが、母親のおミネに背を支えられ、清次の居酒屋の板場に入ったのは、千吉の死体を乗せた佐市郎の大八車が街道を走った翌々日だった。太一がおとといもきのうも手習いを終えるなり左門町の通りを走り、

「――おサヨねーちゃーん」

と、大きな声で長屋の路地に駈け込み、見舞いに顔を出していたのが一番効いたようだ。

「――太一ちゃんが見舞いに来てくれたときだけでした。おサヨが笑顔になったのは」

　おコマも言っていた。

　その日の午前《ひるまえ》だった。おサヨはまだ清次の居酒屋の板場に座っていて、おコマは長屋で針仕事をしていた。その長屋の大家が、

「木戸番さん、いなさるかね」

と、木戸番小屋の腰高障子を開けた。聞けば、そろそろ長屋の月番と自分も付き添い、おサヨを連れ伝馬町へ礼を述べに行きたいから、その仲介を取ってくれという。左門町の木戸番だからというよりも、あの日佐市郎と〝連繋〟していたのだから、やはり仲介は誰が見ても杢之助が適任だ。杢之助もその日が近いことを予測し、

(佐市郎さんのためにも、儂以外の者を仲介には立てられない)

思っていたのである。

杢之助は二つ返事でさっそく伝馬町に向かった。

街道に拾う一歩一歩に杢之助は、

(急がねば)

思いながらも、歩の異状に重くなるのを感じた。重いというよりも、

(怖しい)

ものに胸裡を覆われていた。

佐市郎はいた。

杢之助の来るのを、

(きょうかあすか)

待っていたようだ。物置のような店場で、杢之助は切り出した。

「受けなさるか」

「あっしに、いま少し時間をおくんなせえ。いえ、逃げるのじゃありやせん」

佐市郎は言った。日焼けした顔に、口調も明瞭であった。その言葉を、

（すでに用意していた……まさか）

李之助はドキリとするものを覚えた。だが、その〝まさか〟の先が、まったく見えないのである。李之助は思い切って言った。

「こいつぁ、言わなくてもいいお節介かもしれねえが。おサヨなあ、五年前《めえ》、おめえさんの面《つら》は見ていなかったようだぜ」

思いのほか、佐市郎の表情になんの変化もなかった。李之助は不思議に感じざるを得ず、ますます先が読めなくなった。

「ともかく、あの長屋の衆には、いま忙しいのでと、ありきたりのことを言って日を延ばしておきまさあ」

李之助はきびすを返した。

「あ、木戸番さん」

「なんですかい」

振り返った。佐市郎がなにを言うか、期待に似たものが込み上げる。

「ありがとうございやした。あの夜、あっしをとめて下さいやして」

「あ、あ、」

李之助は戸惑ったような返答になった。

街道に出て、左門町への歩を進めながら、

「……………」

かえってもやもやしたものが脳裡に渦巻き、先に見えるものはなにもなかった。


翌日の午《ひる》だった。清次の居酒屋では昼めしの書き入れ時である。

「李さん、李さん」

と、またおミネが呼びに来た。こんども源造が来て呼んでいるというのだ。李之助は下駄をつっかけた。おミネはこれからおサヨの長屋の大家も呼びに行くという。

「まさか」

李之助の脳裡を不安が走った。

暖簾を頭で分けた。源造は上機嫌で、志乃の出した一合徳利を手酌《てじゃく》で盃《さかずき》にかたむけていた。岡っ引が縄張内《しまうち》で呑み喰いをするのにお代を払うことはまずない。源造もそうであったが、理不尽な呑み喰いをすることはなく、それに志乃の扱いがさりげなく手馴れたものであった。

「いよう。来たかい、来たかい」

源造は眉毛をひくひくさせながら、飯台の向かいの樽椅子を手で示した。杢之助は懸念を隠し、

「どうしたい。落着が早すぎて出番が不足だったかい」

腰を下ろし、源造と向かい合った。他の飯台にも客が座り、ほぼ満席である。

「そうよ。そのことでな」

源造はひときわ大きく眉毛を上下させた。北町奉行所が佐市郎を褒賞し、おサヨにいたわりの言葉を下さることになり、

「あさってだ。一同打ちそろって奉行所に出頭せよとのことだ」

杢之助の心ノ臓は早鐘を打った。

（見通し、甘かったか）

思わざるを得ない。

「おめえにはすまねえが」

源造はつづけた。

「ま、暗闇に突っ立ってただけだし、夜まわりは木戸番人の通常の勤めだしなあ」

北町奉行所に出頭するのは佐市郎と伝馬町の町役、おサヨとおコマ、それに長屋の大家と自身番のある忍原横丁の町役だけであった。ホッとするものが杢之助の胸中にながれた。源造にすれば、杢之助のいないほうが、左門町も忍原横丁も取り仕切っているのは〝俺〟だと、奉行所に強く印象づけることができる。

「そうしねえ。儂はあした、ここでゆっくり留守番させてもらうよ」

「おっ、物分かりがいいじゃねえか。俺はまた、おめえがなにか文句言わねえかと心配してたのよ」

源造の機嫌がいっそうよくなったところへおミネが帰ってきて、そのあとに大家がつづいていた。

「それはそれは源造さん、おサヨもおコマさんも癒《いや》されますよ」

大家は大きな声だった。

「えっ、お奉行さまから金一封！」

隣の飯台から声が出た。源造は板場のほうへ首をのばし、

「おい、おサヨ。聞こえてるだろう。そういうことだ。ありがたく思いねえ」

「は、はい」

戸惑ったようにおサヨは反応した。

「はい。ありがたそうにしております」

板場から清次の顔がのぞいた。無理やり笑顔をつくっていることが、杢之助には分かる。

「で、源造さん。丸市の親方には？」

「あ、、さっき伝えた。あの親方、感激のあまりか目を白黒させていたぜ。ま、俺もあさっては奉行所で鼻が高いわな」

「だろうなあ」

と、清次以上に杢之助は表情をつくろった。店に客は多い。一膳飯屋でなくても、噂はすぐに広まるだろう。

杢之助が伝馬町へ向かったのは、おサヨがまだ清次の居酒屋の奥にいるころであった。清次は暖簾からチラと顔を出し、杢之助とかすかに頷き合った。

佐市郎は若い人足と大八車を牽き、外から帰ってきたばかりだった。

（無責任な老婆心かもしれないが）

杢之助は思ったが、

「前もっておサヨとおコマさんからお礼の言葉を受け、奉行所はそれからにしては」

言うつもりであった。

だが佐市郎は杢之助の顔を見るなり、

「もう木戸番さんの耳にも入りやしたか」

と、落ち着いた表情で、

「おサヨちゃんやおコマさんとは、奉行所のお白洲で会いまさあょ」

言うのへ、用意した言葉を出すことはできなかった。

「そうなさるかい」

杢之助は来た道を返す以外になかった。

(まさかあの男、おサヨは顔を見ていなかったと儂が話したものだから、みょうな自信を持ったのでは)

などとチラと思ったりもした。

気になる噂を、松次郎と竹五郎が持って帰ってきたのは、その日の夕刻に近い時分だった。二人はきょうも四ツ谷御門前をながし、

「いまじゃ町のお人らの話題は、生き残りの万太の首が、いつ胴と離れるかに移ってたぜ。あたら若い命を、可哀相な気にもなってくらあ」

「とは言っても、五穀屋の旦那さんを刺しちまった奴だからねえ」

松次郎と竹五郎は交互に言い、そうした話のなかに、

――丸市が売りに出されている
噂を耳にしたというのだ。

「えっ」

これには杢之助も首をかしげ、すり切れ畳の上に一膝前へ進めた。

「そうなんだ。伝馬町の米屋の隠居が言うには、親方の佐市郎さん自身が、丸市の仕事を人足ごと引き取って継いでくれる人はいないかなんて、余裕のありそうな旦那方に訊いてまわってるってよ」

「そうよ。伝馬町の料理屋のお女中もよ、そこの女将《おかみ》さんにも丸市の親方からそんな話があったって言ってたぜ。それもきのうらしいって」

竹五郎が言ったのへ松次郎がつないだ。

「まさかあの親方、廃業しなさる？」

「それは知らない。だから俺、丸市の飯炊きの爺さんに聞いたのよ。あの爺さんにゃこのまえ羅宇竹すげ替えさせてもらったばかりだからよ」

「どうだった？」

李之助は竹五郎のほうへ身を向けた。

「――分からねえ、なにがなんだか」

飯炊きの爺さんは困惑した表情で言ったという。

おとといのことらしい。佐市郎が不意に日雇いの人足たちも含め使用人すべてを奥の部屋に集め、

「――近いうちだ。この店の切盛りをするのが、別の人になるかもしれねえ。おめえたちがいまのまま仕事ができるようにしておくから、なにも心配はいらねえ。安心した気持ちでいてくれ」

言ったというのである。使用人らが理由《わけ》を聞いても、

「親方はなにも言わなかったらしいよ」

竹五郎は怪訝な表情で話す。

李之助はハッとした。おとといといえば佐市郎が、訪ねてきた李之助に、

「――あっしに、いま少し時間をおくんなせい」

などと言った日である。さらに源造が、奉行所からの〝お呼び出し〟を告げたのはきのうのことである。

(つながってる。だが、佐市郎はなんだって店を売りに……?)

李之助の視線は狭い木戸番小屋の中で、空《くう》を泳いだ。

「さあ。湯だ、湯だ。なあ、竹よ」

「おう」

二人は腰を上げた。

「あしたは？」

李之助は呼びとめた。

「あ、あしたかい。市ケ谷のほうへ足を伸ばすつもりだ」

「四ツ谷御門前はおおかたまわり尽くしたからよ」

二人は振り返り、うしろ手で閉めた障子戸から影が遠ざかった。

翌日、松次郎と竹五郎は言ったとおり市ケ谷近辺をながし、四ツ谷御門前は素通りで丸市に関する噂は耳にしていなかった。李之助は、

（気にしてもどうにもならねえ）

思いながらも、落ち着かない一日を過ごした。

その翌朝である。木戸を開けながら日の出の明け六ツの鐘を聞いた。奉行所で佐市郎が褒賞されおサヨが慰めの言葉をいただく日である。

「やっぱり左門町の木戸が一番いいや、時間がピッタリでよう」

「だから毎日、商いは左門町からでさあ」

声とともに豆腐屋や納豆売りが入ってきた。背後には長屋の路地から朝の喧騒が聞こえ、七厘の煙が立ちはじめている。

杢之助は開けたばかりの木戸を出た。清次の居酒屋はまだ雨戸の閉まったままだ。中に気配がしたが、そのまま通り越した。足は伝馬町のほうへ進んでいる。

すでに手甲脚絆に菅笠《すげがさ》の旅姿の者がちらほらと見え、いま出た太陽を背に大股で歩を進めている。それらの幾人かとすれ違い、伝馬町の枝道に入った。ここにも朝の納豆売りや豆腐屋の声が聞こえ、路地のあちこちに七厘の煙が立ちこめている。

「来てしまった」

杢之助は呟いた。佐市郎に会い、なにを言おうと決めて日の出の街道に歩を拾ったわけではない。ただ、凝《じ》っとしていられなかったのである。

丸市の雨戸はまだ閉まっていた。が、中に人の動く気配がする。

戸を叩いた。その気配が、雨戸の向こうに近づくのが感じられる。

「左門町の木戸番です。早朝、失礼いたしまする」

問われる前に杢之助は声をすき間に入れた。

「えっ、左門町の？」

声が聞こえ、雨戸が一枚、中から開けられた。

「いったい？」

のぞいた佐市郎の姿は、もう身支度をととのえていた。あとは羽織を着こむだけのようだ。奉行所に出頭するのは、午前中である。

「ともかく、中へ」

手招きした。中は薄暗かった。左門町の湯屋向かいの長屋でも、大家が羽織袴を着こみ、おサヨもおコマも身支度をととのえているころであろうか。長屋の者が総出で見送り、幾人かは奉行所の門前までついて行くかもしれない。

「佐市郎さん！」

杢之助の顔は真剣であった。

「これこそ老婆心かもしれやせん。だが、聞きなせえ」

その口が動いた。佐市郎は怪訝な表情になった。杢之助は言った。そこに出たのは、なんの作為もない心底からの言葉だった。

「お白洲で、おサヨがあんたを見て悲鳴を上げねえ限り、おめえさんのほうから何も言うんじゃありやせんぜ。償う道は、もっと他にもありまさあ。考えなせえ、それを」

「………」

無言だったが、表情に変化はあった。

「いやあ、つい出すぎたことを」

「木戸番さん……」

無理やり相好を崩した杢之助に、佐市郎は聞こえぬほどの声で呟いた。杢之助はもうきびすを返していた。

外に出た。角を曲がって姿が見えなくなるまで、店の前で佐市郎が無言で見送っているのを、杢之助は背に感じていた。

街道の往来が、さきほどより増えている。

(あゝ、朝から木戸番小屋を留守にしちまった)

急いだ。

清次の居酒屋に雨戸は開き、縁台も出ていた。

「杢之助さん」

通り過ぎようとするのへ、清次が声をかけ暖簾から出てきた。

「さっき、見ておりやした」

立ち話だが、まわりに人はおらず、つい二人だけのときの言葉になった。

「おめえだったのかい、店の中にいたのは」

「へえ、さようで。で、丸市さん、どうでしたかい」

「ま、つい、言うだけは言ってしまったが」

「さようですかい」

と、清次には、杢之助の行った先も〝つい〟言ってしまった内容も、見当はついている。洗い場で毎日働くおサヨの背を見守りながらも、佐市郎に対しては清次も杢之助とおなじ思いなのだ。

「おう、杢さん。ここだったかい。さっき、こっちの松と竹も見送りに来てくれてよう。おコマさん、おめかしして、いやあ、見違えるようないい女になってたねえ」

法被《はっぴ》姿で通りから出てきたのは、おサヨとおなじ長屋の左官だった。

「そうそう、杢さん。言い忘れてた。さっきここのおミネさんも一坊をつれておサヨたちを見送りに行ってねえ。途中までついて行くと言ってたから、もうそろそろ戻ってくるころだ」

清次が受けた。自然に、外での言いようは変わっている。

「ほう、さようで」

「松の野郎もおなじ方向だからってんで、おミネさんと一緒に途中までと思ったらしいが、忍原横丁で鍋のお客がついて、その場で店開きさ。現金な野郎ですぜ」

どおりで伝馬町から戻る途中、陽の昇り具合から六ツ半（およそ午前七時）は過ぎた時分だと思ったのに、街道で出会わなかったはずだ。松次郎が忍原横丁でふいごを踏みはじめたなら、竹五郎も近辺をながしているはずである。

「じゃあ、あっしも仕事に行ってくらあ。ほれ、あの麴町に近い普請場でねえ」

言うと左官は急ぐようにその場を離れた。

「それなら儂も、木戸番小屋で待たせてもらいます」

「たぶん午《ひる》ごろになるだろう。おサヨが何事もなく戻ってくればいいのだけどねえ」

互いに外での話し口調のまま、目と目を合わせた。〝何事もなく〟とは、町の者が聞けばおサヨが長い道のりを転んだりしないようにと解釈するだろうが、いま杢之助と清次が目と目で頷き合ったのは、もちろんそれもあるが、

「――おサヨが悲鳴を上げねえ限り」

さきほど、杢之助は佐市郎に言ったばかりである。

待った。腰高障子を半開きにし、おもての通りへ視線を投げつづけている。往来す

る人の影がなかなか短くならない。おミネはとっくに戻ってきて、居酒屋に入ってい
る。太一も忍原横丁から麦ヤ横丁に入ったようで、木戸番小屋の前は通らなかった。
（まだかい）
　太陽が中天に近づくのを、こうも長く感じるのはめったにあることではない。
「杢さん、どうしたの。暇そうなのに、なんだか落ち着かないみたい」
ときおり町内のおかみさんが荒物を買いに来るのが気分晴らしになるが、時の過ぎ
るのを待つ心情がおもてに出ているようだ。
（いかんいかん、こんなことじゃ）
　落ち着こうとすればするほど、
（いまごろお白洲で……）
　思えてきては、秘かに心ノ臓を高鳴らせていた。
　往来人の影が短くなった。
　かすかに下駄の音が聞こえた。走っている。一膳飯屋のかみさんだ。すぐ聞こえ
なくなった。向かいの枝道に駈け込んだようだ。人の影が最も短い時分になった。心
ノ臓が高鳴る。おサヨたちが帰ってきたのだ。すり切れ畳に座したまま、大きく息

を吸った。鼓動が落ち着いた。この時刻に帰ってきたのは、突発的な変事が起こらなかった証拠だ。確かなところが知りたい。清次の居酒屋はいま書き入れ時で、おミネか志乃がようすを見に走るのは不自然だ。だが、一膳飯屋のかみさんは別格だ。

（早く来なよ）

いつもはうっとうしい下駄の音が、いまは待たれる。これほど新鮮な話はない。喋りたくって、きっと来るはずだ。

来た。下駄の音がけたたましい。

「杢さん、杢さん！」

十数歩さきから声を投げ、半開きの腰高障子をこじ開けるなり、

「おサヨちゃんさあ、いたわりのお言葉だけじゃなく、見舞金まで、一分《いちぶ》、一分だって。おサヨちゃんとおコマさんなら十日か二十日はゆっくり暮らせるよ」

「ほう。で、丸市さんはどうだって？」

「一両、一分の四倍さ。棒手振さんの一月分《ひとつきぶん》の稼ぎだわさ」

「ほぉう。それでおサヨちゃん、丸市の親方にちゃんと礼が言えたかなあ。なにか話してなかったかい」

「言ってた、言ってた。大家さんも長屋の月番さんも驚いてたよ」

李之助は逸る気持ちを抑えた。三和土に立ったまま、かみさんは喋りつづけた。

「なんとも大八車の親方とは思えないような、褒められているのに恐縮したようなようすだったって。おサヨちゃんにも、逆に恐い思いをさせて済まなかったなどと。それにおコマさんさあ、丸市の親方の話をするとき、なんだかソワソワしてたって。ありゃあ女の恥じらいだよ。きょうはおめかしもしてたし。ねえねえ、あとでなんか聞いたら教えておくれよ、きっとだよ。あっ、いま昼どきだ。大変、大変」

くるりと向きを変え、下駄の音が遠ざかった。

「ふーっ」

李之助は吸った息を勢いよく吐いた。

その日は更けた。左門町の通りに人影もなければ物音は風の音ばかりである。

「儂に、佐市郎さんの真似はできねえ」

「へえ」

清次は頷きを示した。さきほどすり切れ畳の上に、冷酒のチロリを二本提げてきたばかりである。

「つまりだなあ、清次よ。おサヨがお天道さまの下でじっくり顔を見て……このまま奉行所から戻れなくなるかもしれねえ……と佐市郎さんは思いなすって、人足たちが困らねえように段取りをつけなさったんだろうよ」

「そのまま小伝馬町の牢屋敷に送られ……と、それも覚悟なすってた？」

「そういうことよ。そんなことをおサヨやおコマさんが喜ぶかい。万太が死罪になるのとは、わけが違うぜ」

「もっともで。ですが……」

「おめえの言いたいことは分かってらあ。佐市郎さんの、針のムシロはまだまだつづくって、な」

「へえ」

「そいつをどうたたむか、儂には佐市郎さんの声が聞こえてくらあ。もう少し、時間をおくんなせえって、な。それが、まだ終わっちゃいねえ」

「ならば、もう少しっていう時間は……」

「たぶん、佐市郎さんの一生になろうよ。そこにおサヨやおコマさんの、将来《さき》の仕合わせがあるのかもしれねえ」

「将来の仕合わせ？」

「そう、仕合わせさ。ふふ」

李之助は頬をゆるめて冷酒の湯呑みを手に取り、

「しっ」

腰高障子に気配が立った。志乃だった。盆を両手で支え、立て付けの悪い腰高障子を足と腰のひねりで器用に開け、

「残り物なんですけどね」

焼き魚と焼き豆腐の皿を載せた盆を、すり切れ畳の上に置き、

「なにやら丸市の親方がらみで、なにかこれからもありそうな」

ニコリと微笑み、外から腰高障子を閉めた。清次は佐市郎の五年前の件を話していない。話さないことを、志乃も訊こうとしない。微笑を見せただけである。

「まったく、おめえには過ぎた女房だぜ」

いつもの口癖を杢之助は口にし、手に持ったままだった湯呑みを口に運んだ。

「おう、バンモク。いるかい」

太い眉毛を大きく上下させながら、源造が勢いよく左門町の木戸番小屋の腰高障子を引き開けたのは、佐市郎やおサヨが北町奉行所に出向いてから四日ほどを経た、午《ひる》すこし前であった。

「きのうの夕刻だ、処刑になったぜ。小伝馬町の牢屋敷の仕置場でな」

動いていた眉毛が止まった。

「仕置場に土盛りした土壇場で、いささかもがきやがったらしい」

「万太がかい」

言いながらすり切れ畳に腰を据えた源造に、李之助は返した。

「あゝ、馬鹿な死に方よ。土壇場でもがくんなら、もっといい生き方をしやがれってんだ、あのガキが」

「それができなかったから……ま、軽く合掌してやる以外にねえな」

「それはそうとよ、分からねえのは丸市の佐市郎さんよ」

「何かあったので？」

李之助は軽く、窺うように問いを入れた。

「あったというよりも、佐市郎さんなにを思ったか、丸市の看板を売りに出しやがってよ。おなじ町の家具屋が引き受けようとしたが、驚いたまわりが佐市郎さんに翻意をうながし、家具屋も買取りを断り……」

李之助はあらためて源造に、

「じゃあ、これまでどおりに？」

「そういうことになったらしい。あの御仁、なんで急にわけの分からねえ動きをしやがったんだい。おめえ、なにか心当たりはねえか」

「あるわけねえだろう」

「だろうなあ。まあ、万太の首が胴から離れたこと、五穀屋さんにも知らせたし、ここで知らせてやるところはおしまいだ。おサヨとおコマさんには、おめえから適当に話しときねえ」

源造は腰を上げた。

「まただ」

李之助は三和土に下り、開け放しにしたままの腰高障子を閉めた。

下駄をつっかけ、街道に出たのは午後になってからだった。線香を手に、四ツ谷麹町に近い、千吉の遺体が投げ込まれたという無縁寺へ向かったのだ。

狭い境内の墓場に、揺らいでいる煙はなかった。

「馬鹿だよなあ、おめえも」

李之助は線香をふところから出した。

秘めた絆《きずな》

一

「どうなってんだろ、丸市の親方さ。仕事は張り切ってなさるのに、車はノタノタころがしてやがるぜ」

「それでいいんだよ。これまでなんか、見ててもハラハラしたからよ」

仕事帰りの松次郎と竹五郎が、木戸番小屋でひとしきり話しこみ、

「おっ。早く湯に行かなきゃあ」

慌てたように腰を上げたのは、おもてを行く住人の影が、地面へ吸い込まれるようになくなったからだ。西の空に陽が落ちた。

天保四年（一八三三）の夏は終わり、すでに長月《ながつき》（九月）ともなれば、日の入りとともに夕暮れの深まりを急激に感じる。湯屋は日没に竃《かまど》の火を落とすから、

「もう残り湯だぜ」

「あしたはお膝元だし、思いっきり浸かってこよう」

松次郎と竹五郎は左門町の往還を湯屋に急いだ。

「ノタノタ、か。それでよい。それでいいんだぜ、佐市郎さん」

杢之助は二人の背を目で送りながら呟《つぶや》いた。

四ツ谷麴町の一件が落着したいま、左門町は平穏である。速さが売りであった丸市の大八車が、用心深い走りに転じたのは、丸に市の字の法被《はっぴ》を着こんだ佐市郎が土ぼこりを上げ街道を走っているのをおサヨが見て、

「――恐い！」

ひとこと言ったのがきっかけだった。

あらためて杢之助は呟き、きょうも一日無事に終わったことへ、

「そうしなされ」

「感謝、感謝」

念じながらすり切れ畳の上の荒物をかたづけ終えたときだった。

「ギエーッ」

街道のほうから女の悲鳴が聞こえた。

「なにが！」

李之助は下駄をつっかけ木戸番小屋を飛び出した。あたりはもう薄暗くなっている。そのおぼろな視界に人の影が走った。甲州街道へ面した木戸の外を右手から左手へ、四ツ谷大木戸のほうへ向けてである。

「んん？」

木戸を走り出て視線で影を追った。急激に暗さの増すなかに影はもう滲みこんでいた。街道に荷馬や大八車はすでになく、まばらに往来人の持つ提燈の灯りが見えるのみであった。

「あっ、李さん！　こっちこっち」

背後からの声に振り返った。おミネが慌てたように手招きしている。清次の居酒屋の明かりに、数人の影が動いている。いずれもなじみの姿ばかりだ。

「どうしなさった」

李之助は走り寄った。路上に倒れこんだ女を、志乃が助け起こしている。栄屋からも走り出たのであろう興奮状態のまま手代と丁稚が、

「おセイさん、大丈夫か！」

「ケガは！」

手を差し伸べていた。

「いったい？」

「あ、あたしも、悲鳴を聞いて、なにがなにやら」

杢之助の問いにおミネはしどろもどろに応える。

「どうしたんだい」

「こんなとこで荒稼ぎに？」

居酒屋の客が暖簾《のれん》から顔をのぞかせ、背後に清次の顔もあった。

「さあ、ともかくおセイさんを中へ」

栄屋からあるじの藤兵衛《とうべえ》が出てきた。四十をとうに越え、ずんぐりした体形だが、商いはなかなかのやり手である。

「旦那さま、自身番へはわたくしが」

「いや、盗《と》られたのは大した額じゃありません」

手代が言ったのを藤兵衛は諫《いさ》めるような口調で言い、

「おセイさん、すまなかったねえ。ケガなどしなかったかね。さあ」

杢之助と視線を交わし、おセイと志乃に栄屋の玄関口を手で示した。いま灯りを入れたばかりのようだ。

「は、はい。なんでも、なんでもないんです、ほんとに」

おセイはことさら何かを否定するような口調をつくり、だが腰をかなり強く打ちつけたか、歩くにも志乃に支えられている。丁稚がおセイの取り落とした風呂敷包みを拾い、ほこりを払いながらあとにつづいた。

「お客さんがた、なんでもなかったようですよ。中に戻って一杯、さあ、つづけてくんなさいまし」

「でもよ、自身番とかなんとか言ってたぜ」

「確かに聞いた。盗られたのがどうのとか」

清次がうながしたのへ野次馬の客は未練げに応じ、首を暖簾から引いた。あとには居酒屋の軒提燈と、栄屋の店先から洩れる明かりばかりとなった。

(なにやら藤兵衛旦那も清次も、気を利かせたようだな)

杢之助は感じ、何事もなかったように左門町の通りに戻ろうとした。さきほどの栄屋の目線は、

(事件にはしませんよ)

杢之助への合図だった。藤兵衛もまた、左門町に十手が入るのを好まない。そこに清次も合わせたのだ。かといって、藤兵衛までかつての杢之助や清次とおなじ、小気

味のいい大盗賊だったわけではない。ただ、左門町の平穏を求めている。

（ということは、やはり事件だったのか）

思えてくる。現場から走り去る影を、杢之助は見ているのだ。

「杢之助どのでは」

かろうじて人の影が見分けられるなかから声が飛んできた。

「榊原《さかきばら》さま」

杢之助は木戸の前で立ちどまり、振り返った。影は闇の空洞になりかけている街道を横切ってくる。三十路《みそじ》はとっくに過ぎていようか精悍な体つきの浪人で、太一が通っている麦ヤ横丁の手習い師匠、榊原真吾《しんご》である。街道筋には、荒稼ぎはともかく酔っ払いやいきがった連中の騒ぎがよく起こる。だが、左門町の界隈にそれはない。騒ぎの兆《きざし》があれば住人の誰かがすぐ手習い処に走り、それでおおかたは収まるのだ。土地の八九三《やくざ》者たちはそのことを知っており、近辺で悪戯《わるさ》はしない。騒ぐとすれば余所者で、悪態をついて峰打ちでその場へ叩き伏せられた者も少なくない。

いまも悲鳴を聞き、すぐさま手習い処へ走った者がいたのだろう。

「なにかありましたかな」

と、真吾は刀を左手に持っていた。普段町を歩くときは、無腰の気さくな着流しである。そうした点も、真吾が町の住人から慕われている理由の一つだ。

「いやあ、そこの居酒屋と栄屋さんの前で人がぶつかったらしく、ただそれだけだったようですよ」

「ふむ、ならばよいが。出てきたついでだ。ちょいと一杯、杢之助どのも一緒にどうですかな」

真吾は浪人とはいえ武士でありながら、番太郎の杢之助を〝どの〟をつけて称《よ》んでいる。理由はある。杢之助に下駄の響きがないのと腰さばきに、

(ん、あれは？　尋常にあらざる)

と、看《み》て取っていたのだ。以前に一度、口の端に出したことはある。だが、口ごもった杢之助に、

「――人はそれぞれに」

と、深くは訊《き》かなかった。

そればかりではない。すでに真吾は町内に関わる悪徳を斃《たお》すため一緒に闇を走り、杢之助の足さばきの冴《さ》えを実際に見ているのだ。もちろん杢之助も、刀を鞘走《さやばし》らせるなり血潮とともに対手《あいて》の息の根をとめる真吾の剣技を目の当たりにしている。

「いやあ、儂は番小屋にまだ用事が残っておりますじゃに」

李之助はやわらかくかわし、木戸番小屋に戻った。用事といっても、油皿に火を入れるだけである。

さきほど藤兵衛との目の合図よりも、志乃の表情が気になっていた。どうやら走り去った影とおセイに何があったか、志乃は見ていたようだ。

（榊原さまとじっくり話すのは、仔細《しさい》が分かってからに）

とっさに判断したのだ。

李之助は木戸番小屋に一人となった。灯芯一本の淡い灯りが、すり切れ畳に李之助の影を描き出している。

（また取り越し苦労と言われるかもしれないが）

おセイのあのようすも気になる。

おセイが左門町の湯屋の裏手に越してきたのは二年前である。長屋暮らしの、女やもめだった。大家が忍原横丁の自身番に届けた人別には齢《よわい》二十五とあったそうだが、三十路をとうに過ぎているおミネより老けて見える。それだけ細身で色白のおミネが若く見えるわけでもあるが、おセイが装《よそお》いを気にしないせいでもあろう。もっともいまは二十七ということになる。

おセイは引っ越してくるとすぐ、左門町から大木戸寄りの隣町で、塩町《しおちょう》の台屋《だいや》へ働きに出た。食べ物の商舗《みせ》だが客がその場で食べるのではなく、商舗がそのまま調理場である。忙しい商人や職人には調理された台《だい》の物《もの》は重宝で、冠婚葬祭にそうした台屋の盛り付けを頼む家や店《たな》も少なくない。客層はさまざまで需要はけっこうあるのだ。

台屋の調理人には男が多いが、その中に混じって働きだしたころ、

「――亭主が包丁人だったもので」

おセイは言ったらしい。杢之助は直接聞いたことはないが、女やもめでもおミネやおコマと違って子はおらず、亭主とは別れたのか死なれたのか、なにも言っていない。往還ですれ違い、立ち話の機会があっても言いたくないようすだった。

そのおセイが、

「――なんでも、なんでもないんです！」

ことさらに強く言うのは、かえって気になる。

木戸番小屋の外はもうすっかり闇に閉ざされた。杢之助はさきほども火の用心にまわり、番小屋に戻ってきたばかりだ。間もなく清次は来ようか。志乃がなにか引っかかるものを見たなら、すでに清次へ話している。清次もそれを杢之助に話さねばと、店の終わるのを待っていることだろう。清次の店は閉める刻限を決めていない。街道に揺れる提燈がまばらになり、店に客の絶えたとき暖簾を下げるのだ。

五ツ（およそ午後八時）時分をまわったころであろうか、

「おじちゃーん」

太一の声が腰高障子の向こうを走った。清次の居酒屋が暖簾を下げたのだ。つづいて軽やかな下駄の音が声を追い、腰高障子が動きおミネの顔がのぞいた。

「じゃあ杢さん、お休み」

「おう、待ちなよ」

「ん？　なんですか」

杢之助に呼びとめられるのは珍しい。おミネは期待するように腰高障子をさらに開け、三和土《たたき》に足を入れた。

「おっ母ア、どうしたい」

太一が引き返してきて、

「きょうさ、お師匠が来たよ。おいらの皿洗いと菜切り、また褒められたよ」

言いながら三和土に立った。以前なら、杢之助の掻巻《かいまき》にくるまって諸国話などを聞きながらおミネの帰りをここで待っていたのだ。

「杢さん、なにか話が？」

「あ、そのお師匠だ。榊原さま、なにか言ってたかい」

「なあんだ、そんなことですか」

おミネは期待はずれのように返し、

「別になにも。ただ、あの悲鳴、なんだったのかって。だからあたしが、おセイさんが誰か走ってる人とぶつかっただけって言っておいた。志乃さんもすぐ栄屋さんから帰ってきて、おセイさん、なんともなかったって。それがなにか？」

「そうそう、おいらも悲鳴聞いたときはびっくりしたよ」

「そうかい。大きな声だったからなあ。それならいいんだ」

「んもお。なにかと思えばそんなことだけで。さあ太一、帰りましょ」

おミネは頰を膨らませ、太一の背を押した。

栄屋も清次もまたおセイ自身も、ことさら何事もなかったように振るまったようだ。

（だからいっそう、清次は来る）

何事もなければそれこそ最善なのだが、隠されたことへの興味と懸念の混じった思いがさらに強くなった。

気配を感じた。足音はない。それが清次なのだが、

（ん？）

草履《ぞうり》の音がする。それに、清次に違いないが腰高障子にも音が立った。

「おっ、これは！」

栄屋の藤兵衛が一緒だったのだ。

「わたしも捨てておけないと思ってね。それに、清次さんからも誘われましたので」

「はい、そうなんですよ」

藤兵衛に清次がつないだ。杢之助の背に緊張が走った。

栄屋は左門町では大振《おおぶ》りな商舗《みせ》で、あるじの藤兵衛は左門町の筆頭町役でもある。町役が町雇いの木戸番人を店に呼ぶのならともかく、夜中に木戸番小屋へ訪ねるなど他の町ではあり得ないことである。

栄屋藤兵衛の杢之助を見つめる目は真剣だった。藤兵衛がいまあるのは、杢之助のおかげと言っても過言ではない。婿《むこ》養子の藤兵衛を見下し、番頭と逢引《あいびき》までしていた女房の死を、杢之助の尽力で出先での客死《かくし》に装い、番頭も旅先で病死とし、そこにお上から疑われることはなにもなく、むしろ周囲の同情を集め、名実ともに栄屋のあるじになったのはそれからである。そこに清次も秘かに奔走したのだった。

「――わたしはねえ、後妻は入れませぬよ。先代には一方《ひとかた》ならず目をかけてもらいましたから。老いれば先代のご血筋から養子を迎え、商いを譲るつもりです」

藤兵衛は言い、そのとおりに独り身を通しているのが、杢之助にも清次にも好感を与え、闇に奔走したことへ後悔はさせていなかった。

だからといって、藤兵衛が杢之助と清次の以前まで知っているわけではない。

（なにやら不気味なほど頼りになる木戸番さん）

それが藤兵衛の杢之助への認識である。清次にも〝腹の座った包丁人〟と思っている。その背後で志乃が店の切盛りをしていることにも感心している。

「きょうは三人です。チロリも熱燗にして三本持ってきましたよ」

「それはそれは。まずは上へ」

杢之助は鄭重な言葉で、油皿の灯芯一本の灯りしかない部屋を手で示した。藤兵衛の前とはいえ、清次と二人だけの、他人《ひと》には聞かせられない口調を披露するわけにはいかない。

三人はすり切れ畳に鼎座《ていざ》に胡坐《あぐら》を組んだ。

「まず三人で、きょうの成り行きに筋道を立て、それから岡っ引の源造さんに知らせるかどうかを決めるのが肝要だと思いましてね」

清次は言った。藤兵衛が言った〝盗られたのは……〟が、そのとき居酒屋にいた客の耳にも入っているのだ。栄屋が帳場泥棒に遭った噂は、早晩広まろうか。放っておけば源造が噂を聞きつけて街道に聞き込みを入れ、犯人がお手配中の者なら八丁堀が奉行所の手下《てか》を引きつれ、杢之助の木戸番小屋を詰所に使わないとも限らないのだ。

二

それぞれの断片が、一本の線につながった。

おセイが働く台屋の新造が、手持ちの古着を売りたいというのできょう昼間手代が行って値踏みをし、売る気になった何着かをおセイが頼まれ、帰りに栄屋へ持って行こうとしていたのだった。

「だから店《うち》では、暗くならないうちに来てくれればとおセイさんを夕刻から待っていたんですよ」

藤兵衛は言う。

陽が落ち、あたりが黄昏《たそがれ》はじめた時分だった。清次の居酒屋ではおミネが軒提燈に火を入れ、栄屋でもおセイがまだ来ないので雨戸を一枚だけ開けて帳場の行灯《あんどん》に火を入れようとしていた。来客があった。三十がらみの着流しの男だった。薄暗くて顔がよく見えない。半纏《はんてん》を買いこの場で着て帰るから急いでくれというので、応対に出た手代が、行灯に火を入れようとしていた丁稚へ品を先に出すように命じ、自分も背後の棚に身を向けた瞬間だった。男は突然帳場に跳び上がるなり帳場格子の銭函《ぜにばこ》を引っ摑み、外へ飛び出した。その間、一呼吸の間もなかった。

「――あっ、どろぼうーっ」

手代は足袋のまま三和土に飛び降り、あとを追った。

おセイが来たのはそのときであった。軒端の縁台をかたづけようとしていた志乃が、

「――あら、おセイさん。きょうは?」

「――ちょいと栄屋さんに」

挨拶を交わしたところへ、

「――ギェーッ」

栄屋から飛び出てきた男がぶつかり、おセイは突き飛ばされ地面に崩れこんだ。至近距離なら志乃とおセイが挨拶を交わしたように顔がまだ判別できた。尻餅をついたままおセイは顔を上げ、

「志乃が言いますのにはね」

話は藤兵衛から清次に代わっている。志乃の目撃談である。

「――あっ!」

「――おめえっ!」

おセイの驚愕した声に男はとっさに返したというのだ。

「はい。おセイさんから声が出たのは確かに尻餅をつき、そやつの顔を見上げた瞬間だと志乃は言っておりました」

「それに対して男は〝おめえっ〟と応《こた》えたというのですね」

「つまり、そやつとおセイさんは顔見知りということになりますねえ。その直後ということになりますなあ、儂《わし》が男の走る影をチラと見たのは」

藤兵衛が相槌を入れたのへ杢之助がつないだ。

腰高障子が音を立てて動き、志乃の顔がのぞいた。皿を載せた盆を両手で支え、器用に足と腰で腰高障子をこじ開け、

「夕刻の刺身に火を通してきたのですけどね」

言いながら盆をすり切れ畳の上に置いた。

「これはありがたい。肴《さかな》にはちょうどいい」

藤兵衛が言って目を細めた。骨も皮もなく、一口ずつ口に運べる大きさで、焼き魚にしては極上と言える。

「ま、余り物なんですがね」

清次が盆を引き寄せた。小皿にはわさび醤油が入れてある。志乃は藤兵衛の好みを

心得ているようだ。

「いまね、志乃さん。あの男とおセイさんがぶつかったときの話を、清次旦那から聞いていたところなんでさあ」

李之助が言ったのへ志乃は帰ろうとした身をとめ、

「さようですか。あたしも、ぶつかったことよりも二人のとっさの言葉に驚きましてねえ。それでうちの亭主《ひと》にそっと……。あとは皆さんで」

それ以上、話に立ち入ろうとしない。

障子戸がふたたび音を立て、外から閉められた。

李之助は内心にまた呟いた。

（――おめえには、過ぎた女房だぜ）

「とんだ邪魔が入りました。さ、やってくださいまし」

清次は藤兵衛と李之助に箸をすすめた。同時に湯呑みも動いたが、話は弾まない。むしろ深刻になった。

商家に客を装った帳場泥棒が押し入るのは、屋内が薄暗くなり帳場ではきょう一日の金勘定に入ろうかという時分が多い。銭函を奪うなり外へ一目散に逃げる。二人組なら左右に走ろうか。だが、一人働きだった。跳ね上がった八九三者《やくざ》の、行き当たりの稼ぎであろうか。犯人を割り出すのに最も困難な部類である。しかも居合わせた者も野次馬も、注意は逃げた男より悲鳴を上げたおセイのほうに向いた。走り逃げただけなら手代は追いかけ、杢之助もすかさず追ったはずだ。それでも黄昏時であり、脇道に駈け込み路地へも入ったなら、捕まえられる公算は少ない。

「おセイさんに、事情を訊く以外に……」

藤兵衛が言ったのへ、

「難しいのでは……」

杢之助は否定的に返した。

「——なんでも、なんでもないんです」

おセイは居合わせた者に言ったのである。

(隠さねばならないものを)

おセイが秘めていることは、いま三人の脳裡はあらためて感じ取っている。

木戸番小屋の薄明かりの空間は、ゆっくりと進む箸と湯呑みのあい間に、

「ならば、どのようにして」

おセイから聞き出すかの算段に入った。まさかおなじ町の住人を罪人の仲間扱いのように、自身番で問い詰めるわけにはいかない。おセイにとっても思いも寄らない、

突発的な出来事であったことに間違いはない。

「おセイさん、今夜眠れないのではありませんかな。そこへ儂らがみょうに動いたなら、いっそうこの先を複雑にしますまさあ」

李之助は言った。左門町の住人の身辺が複雑になる。好ましい事態ではない。

「榊原さまも、いまごろ首をひねっておいでかもしれませんねえ」

「お出ましを願うような事態にならなければいいのですが」

藤兵衛がぬる燗になった湯呑みを口に運び、清次もおなじ仕草で返した。

「そのために、儂ら雁首そろえているのです」

李之助は言い、拍子木を置いている枕屏風のほうへ視線を投げた。そろそろきょう最後の火の用心にまわり、木戸を閉める時分になっていた。

三

「待ちねえ、待ちねえよ」

朝の威勢のいい声を木戸番小屋に入れ、木戸を出ようとした松次郎と竹五郎の半纏姿を李之助が呼びとめたのは、いつもの明け六ツ半（およそ午前七時）を少しまわった時分だった。

「きょうまわるところよ、お膝元って言ってたが、左門町の内じゃなかったのかい」

「あ、。内は内でもお隣さんの塩町だい、きのうお声がかかってよ」

追いかけてきた杢之助に松次郎が立ちどまって返し、

「ご指名は松つぁんだけよ、あそこは惣菜に脂《やに》のにおいがうつるからって、煙草をやりなさる人がいないし」

「えっ。惣菜って、おセイさんが通っているあの台屋のお店《たな》？」

竹五郎が言ったのへ杢之助は問い返した。

「そうよ」

松次郎が応え天秤棒の吊り紐をブルルと振れば、竹五郎も背中の道具箱にカチャリと音を立て、二人とも街道を左手の西方向に向かった。業種の異なる二人がいつもつるんでいるのは、松次郎が往還で鍋の底を打ちながら、

「羅宇竹にいい彫《ほり》を入れる羅宇屋がいますぜ」

と、竹五郎の宣伝をし、竹五郎は商家の裏の縁側で羅宇竹をすげ替えながら、

「いま町内に腕のいい鋳掛屋が来ていますよ」

と、松次郎の宣伝をするためである。これがけっこう効くのだ。まだある。他所《よそ》の

町で店開きをしたときなど、土地の八九三者に因縁をつけられたり、そこを縄張にしている同業と言い争いになったりする。そうしたとき、すぐに相方を呼び二人で対応するのだ。角顔で威勢のいい松次郎には押し出しの強さがあり、丸顔で口調もやわらかい竹五郎には人を丸めこむ妙技がある。二人そろえば言い争いにもけっこう強いのだ。竹五郎が微禄の旗本屋敷で羅宇竹の仕事に難癖をつけられ、代金を踏み倒されかけたとき、松次郎が乗り込んでいって騒ぎ立て、銭《ぜに》を払わせたこともある。

「お、あの台屋さんかい。また帰りに寄りねえ」

杢之助は二人の半纏の背に声を投げた。きのう夕刻、おセイが突き飛ばされたのは二人が湯屋に行っているときだ。おミネは朝の路地で話していないようだ。もっとも七厘の煙が充満し釣瓶《つるべ》の音が絶え間ない喧騒のなかでは、その余裕もあるまい。杢之助もあえて松次郎に、おセイのようすを見てきてくれとは頼まなかった。なにやら隠し事のありそうなおセイを、追いつめないためである。

だが、ようすはすぐに分かった。

「あそこの台屋からおセイさんが鍋や釜を四つも持ってきてよ。でもなんだか変だったぜ、おなじ町内の顔なじみだっていうのによ」

松次郎が木戸番小屋のすり切れ畳に腰を下ろし、言うのである。店開きの場が近くだから、昼めし用に台屋で簡単な惣菜をもらって竹五郎と一緒に帰ってきたのだ。お茶を淹れるのも面倒だから、木戸番小屋の土瓶でおもての居酒屋からもらってきている。おミネがついでに味付けの煮込みおからまで皿に盛ってくれた。それをいま三人で囲んでいる。

「変て、おセイさんがかい。どんなふうに？」

杢之助はさりげなく訊いた。きのうの悲鳴の噂はまだ町にながれていないようだ。ながれていたなら、まっさきに一膳飯屋のかみさんが木戸番小屋に飛びこんでくるはずだが、朝からまだあのけたたましい下駄の音は響いていない。

「きょうはほれ、あそこの長善寺の広いところを借りて、ふいごを踏んでいたのさ。台屋に声をかけておいたから、最初におセイさんが来たさ。ところがどうだい。あとでまた来るからって、さっさと店に戻っちまった。無愛想もいいとこだぜ。あんな人だったかい、おセイさんてよ」

自分の持ってきた鍋や釜の穴がふさがるまで、鋳掛屋の踏むふいごを見ながら近所のお仲間とお喋りに興じるのは、商舗の女中衆や長屋のおかみさん連中にとって楽しみの一つである。わけても商舗の女衆には、公然と油を売っておられるのだからこれほど楽しいことはなく、おセイも例外ではないはずだ。

「店が忙しかったのじゃねえかい」

竹五郎が問うように言ったのへ、

「いいや、忙しいってふうじゃなかったぜ。おめえ、近所をながしていて会わなかったかい」

「すぐお客がついて近くのお店《たな》の裏庭に入っちまったから、会わなかったなあ。左門町の通りで会ったときなんか、けっこう愛想がいい人なんだが」

「儂もそう思うよ。荒物を買いに来たときなんか、ときどき話しこんでいったりするからなあ」

「だったら、なにかい。俺はおセイさんに嫌われてるってえのかい」

「あはは、松つぁん。おセイさんなあ、ただプイと帰っただけかい。声に張りはあったかい。顔色は？」

杢之助は誘い水を入れるように訊いた。松次郎は乗ってきた。

「そうそう。そういやあ、声がいつもより小さかった。いや、小さいというより消え入りそうな、聞き取るのにふいごを踏んでた足をとめたいくらいだったからな。顔色だって、あっ、悪かった。そう、全体に、どういうか、打ち沈んでいるような」

「えっ。だったらどっか、体の調子でも悪いんじゃないのかい」

竹五郎がつないだ。

「そうかもしれねえ。うん、そんな感じだった。俺ア、おセイさんに嫌われるようなことなにもしてねえもんなあ。なあ竹よ、きょう帰りも残り物の惣菜をもらいに、ちょいとのぞいてみようや」

松次郎はめしの残りをお茶漬けにし、さらさらと胃ノ腑に流しこんだ。

実際にその日、朝からおセイは調理場の同僚が心配するほど尋常でなかったのが、杢之助には十分に想像できた。松次郎の言葉で、

（おセイさん、いま頭が混乱している）

確信を持った。

昼八ツ（およそ午後二時）の鐘が聞こえた。太一が手習いから帰ってくる。腰高障子に声が入るのを待った。

（どう感じ取りなさったか）

気になる。師匠の榊原真吾である。

聞こえた。

「おじちゃーん」

勢いよく腰高障子が開き、

「きょう、お師匠がさあ」

三和土に飛びこむなり言う。太一になにか話したようだ。やはり榊原真吾も気にとめていた……。

「お師匠、なんか言ってたかい」

「うん。あのあと、こっちの町になにもなかったかって」

「ほう。で、どう答えた」

「どう答えたって、答えようがないよ。おもてで人がぶつかっただけだから。でもあの悲鳴、大きかったたねえ。おいらも暗くなってから、街道は気をつけなくっちゃ」

「あはは。おめえは朝から気をつけなくちゃならねえぜ。おっ母アがいつも心配して言ってるだろ」

「分かってらい」

手習い道具をすり切れ畳に投げ置くと、

「手伝ってくらあ」

おもてへ跳び出た。十歳の元気盛りでも、開けた戸はいつもきちりと閉めていく。

おミネの日ごろの躾《しつけ》が行きとどいているようだ。

「おうおう、しっかり孝行してきな」
背にかぶせた。太一にそうした声をかけられることにも、
（贅沢は分かっちゃいるが、この町にいつまでも平穏に住んでいてえ）
いつも杢之助は思う。いまもフッとそう思った。なにやら得体の知れないものが蠢《うごめ》
いているのを感じられてならないのだ。
噂は向かいの麦ヤ横丁にはながれているのかもしれない。だとすれば、時を経ず左
門町にも……。案の定であった。太一の足音が街道のほうへ消えてすぐだった。あの
けたたましい下駄の音が木戸番小屋のほうへ走り寄ってきた。
「杢さん、杢さん」
腰高障子が音を立てた。のぞいた顔はもちろん、一膳飯屋のかみさんである。
「おぉう、また慌てて。なにかあったかい」
「なにかあったかいじゃないよ、杢さん。きのうの夜、木戸のすぐ外で人と人がぶつ
かって大騒ぎになったんだって？　向かいの麦ヤ横丁の人から聞いたよ。街道おもて
とはいえ左門町の出来事を向かいの町の人から聞くなんて、片身がせまいよ。ちゃん
と教えてくれなきゃ」
みょうな理屈を言う。

「あ、あ、あったよ」

「えっ、やっぱり。どんな？　誰と誰？」

三和土に立ったかみさんはすり切れ畳のほうへにじり寄った。杢之助は荒物の奥に胡坐《あぐら》を組んだまま、

「どんなって、薄暗いなかに、ただ人がぶつかっただけだが。それがなにか」

「なにかって、すごい悲鳴が上がったっていうじゃないか。人が絞め殺されそうな。で、誰だったの。この左門町の人？　腰の骨を折ったりとかさあ」

「大げさだねえ。ただの街道での出来事さ。薄暗くって顔もよく見えなかったし、そりゃあ、キャアという声は儂も聞いたけどね。ほこりを払ってそれでおしまい」

杢之助はおセイの名は伏せた。一膳飯屋のかみさんに話そうものなら、おセイの帰りを待つよりもいますぐ街道に飛び出し塩町の台屋に走るだろう。おセイはなにを隠し、どう狼狽しているのか、まだまったく分からないのである。

「なあんだ、それだけ」

かみさんはつまらなそうにきびすを返し、

「でも、なにかあったらきっと教えておくれよ」

敷居のところで念を押すように振り返り、腰高障子を外から閉めた。

「まったく」

　杢之助はすり切れ畳の上でため息をついた。だが、一膳飯屋のかみさんの存在は、近辺での噂の度合を知る材料にはなる。手習い処に駈けこんだのが麦ヤ横丁の住人なら、そこから噂はながれたのだろう。ともかくおセイの悲鳴は大きかった。それに居酒屋の客は〝盗られたのは……〟との藤兵衛の声も聞いている。街道筋には、

「左門町の古着屋で帳場泥棒があった」

　噂はながれていようか。どこの商舗もそうした話には敏感である。用心のため、人相は？　年格好は？　人数は？　できるだけ詳しく知りたがる。当然であろう。そこに町の岡っ引が奔走し、八丁堀とも連繋し、情報を得て縄張内《しまうち》の商舗に知らせる。そのためにも日ごろから、岡っ引がふらりと店先に顔を出せば、

「まあ、どうぞ」

　と、中に招き入れ、おひねりの一つも袖に忍ばせたりしているのだ。

（源造さん、来なさるな）

　杢之助は思うと腰を上げ、清次の居酒屋に、

「気晴らしでね、塩町のほうへ散歩でもしてくるよ」

　声を入れた。

「さようですかい。帰りにまた寄りなせえよ」

清次が調理場から顔を出した。どこの飲食屋も暇な時間帯であり、台屋も一息ついているころである。

おセイの働いている台屋は街道から枝道を入ったところにあり、街道を通っただけでは存在に気がつかない。食べ物扱いの商舗でも台屋ならそれで十分なのだ。

杢之助はその枝道に入った。

「いや、別に用があって来たわけじゃないんだ。近くを通ったもんでね」

言ったのだが、おセイは杢之助が来たことにハッと緊張の色を見せた。なるほど松次郎の言ったとおり、なにに困惑しているのか、それともなにかに怯《おび》えているのか、落ち着かない蒼ざめた顔色をしている。

「じゃあな。ま、気が向いたら帰りにでも寄ってくんねえ」

言うと早々に台屋の店先を離れた。

「は、はい」

おセイの言葉はそれだけだった。

「おセイさん、いったいどうしたんだね」

包丁人仲間の言っているのが背後に聞こえた。

左門町に戻ると、清次が軒端の縁台に腰掛けて待っていた。

「いかがで？」

「なにかある」

短い会話だった。杢之助は木戸を入り、清次は店に戻った。

杢之助は待った。通りを行く人の影がしだいに長くなる。

おセイは来なかった。

（よほど他人《ひと》には言えない、深い事情が……）

ますます思えてくる。

四

……来た。

翌日、

「きょうもお隣さんだい」

「そお。塩町、けっこう待ってくれてる人があってねえ」

松次郎と竹五郎が朝日を受けながら木戸番小屋に声を入れる。竹五郎もけっこう商いになっているようだ。

太陽が中天にかかろうとしている。

雪駄《せった》のかかとを勢いよく引きずる足音に、

「おう、バンモク。いるかい」

来たのは岡っ引の源造だ。腰高障子を荒々しく引き開け、杢之助をにらむなり太い眉毛を一度だけ派手に上下させた。不機嫌そうだ。

「これは源造さん。ま、ゆっくりしていきなせえよ」

「なにがゆっくりしていきなせえだ」

杢之助は急いで荒物を押しのけてすり切れ畳に座をつくり、源造はそこに腰を投げ下ろした。

「なにを力んでいなさる」

「なにぃ、よくそんなことが言えるなあ」

源造は片足をもう一方の膝に乗せ、杢之助のほうへ上体をねじった。

(そら来た)

杢之助は胸中に身構えたが、

「いったい、なにを？　よく分からんが」

とぼけた。

「おもての栄屋に、おとといのことだ。薄暗くなりかけたころ帳場泥棒が入《へえ》りやがったっていうじゃねえか。なぜ俺んところへ知らせなかった。さっき忍原《おしはら》の自身番に寄ってみたが、そこにも事件のことは何も書いちゃいねえ。どういうわけなんでえ。もっとも、これから栄屋へ行って直接訊《き》くつもりだがよ。その前《めえ》にここで確かめておこうと思ってよ」

「あ、そのことかい。ほんの些細なことよ、どっかの与太が栄屋さんで帳場の銭を盗んで逃げただけで、被害も大したものじゃないっておっしゃってたからなあ。それで儂もつい連絡せず、栄屋さんも面倒で自身番に報告しなさらなかったんだろう」

「そういうことかい」

源造は納得した。たとえ小額の盗みであっても、自身番の記録になれば町役や関係した者一同が奉行所へ出向き、それは一日仕事となる。犯人が捕まれば、その面通しにまた出かけ、一同打ちそろってお白洲に座らねばならない。忙しい商人や日銭稼ぎの職人には大変な損害であり苦痛となる。だからどの町でも商舗でも、被害が小額なら届けもせず、うやむやに終わらせてしまうのだ。そうしたことが日常あるのは源造も知っている。

「だがよ、おめえらはそれでいいかもしれねえが、俺は街道筋の人らに詳しく知らせて注意を促さなきゃならねえ。それに悲鳴が上がったっていうじゃねえか。誰なんでえ、面《つら》は見ていねえのかい。帳場泥棒なんてのは最初から商舗に灯《ひ》の入る前、面の見えにくい時分を狙いやがるから、栄屋に訊くよりも他で見た者がいりゃあ、そのほうが確かなんだがなあ」

言うことがすべて理屈に合っている。隠してはかえって、

(まずい)

杢之助は判断し、

「あゝ、あったよ。犯人とぶつかったのはなあ」

おセイの名を上げ、

「だがよ、もう薄暗がりでしかもとっさのことだ。顔は見なかったと言ってたなあ。栄屋さんのお人らもあんたの推測どおり、帳場に灯を入れる前だったらしいからな」

防御を張った。おセイは、杢之助をはじめ町内の者に、おとといの男の面が割れるのを隠そうとしている……。

(まして岡っ引には)

杢之助はおセイの身になっている。その身の思うとおり、相手の面を伏せておくの

が、身に降る火の粉を払う、いま考えられる最善の策かと思えたのだ。

源造は当然、おセイに直接聞き込みを入れるだろう。

(今夜、おセイさん来てくれりゃなあ)

思いをめぐらした。

「どうしたいバンモク、考えこんじまったりして。ともかくこの件なあ、盗られたのが小額であっても、おろそかにできねえのよ」

源造は気になることを言い、上体をもとに戻し腰を上げようとした。

「待ちねえよ。その、おろそかにできねえってのはなんなんだい。あっちこっちで似たようなひったくりでも起きてるのかい」

「ま、ひったくりじゃねえがな。おめえには話しとこうか」

源造は上げかけた腰をもとに戻し、

「こっちの街道筋に万太や千吉らのときみてえに、気を配ってもらうことになるかもしれねえからなあ」

身を杢之助のほうへよじった。

(なにか、からんでやがるのか)

杢之助は身構えた。源造は話しはじめた。

「四日ほど前だ、市ケ谷八幡のことだと思いねえ。あそこの雑多な町屋よ」

源造の縄張で、飲食の店が多く岡っ引には実入りの多い街である。だから万太や千吉のときも杢之助が感心するほど源造は奔走していたのだ。四ツ谷が本来の縄張である源造にとって市ケ谷は遠く、見まわりを無沙汰《ぶさた》にしてはすぐ新たな岡っ引に奪われる懸念が常につきまとっている。

「あんたも大変だねえ、縄張を広げたばっかりに」

「こきやがれ。だからこっちはおめえをアテにしているんじゃねえか。黙って聞きやがれ」

悪態とも信頼とも取れる言葉を吐き、

「以前から八幡さんやあの近辺の寺の境内の隅っこに盆茣蓙《ぼんござ》を敷いて、町の旦那衆やちょいと実入りのある職人衆を客に、こそこそ丁半を開帳してやがるケチな野郎どもがいてな。人数は少ないらしいが、いずれも世間から溢《あぶ》れた使い物にならねえ八九三者ばかりということは分かってるんだ。可哀想に行きずりの殺しまでやっちまいやがった万太や千吉は、その群れからも溢れたガキ共ということにならあ」

「まあ、万太や千吉のことは済んじまったことだ。で、そのご開帳のケチな八九三者らが、おとといの帳場泥棒とどんな関わりがあるんだい」

李之助は本題を急かした。

（まさかそんな溢れ者とおセイさんが関わりを⁉）

背に戦慄が走るのを感じる。

「まあ、聞きねえ。そいつらは毎回場所を変えやがって、なかなか現場を押さえられずに困っていたのよ。そこへ万太と千吉の殺しよ。客になってた商家の旦那の一人が怖気《おじけ》づきやがったか、俺にやつらの最近の内幕を話してくれてな」

「ふむ、それで？」

「そう急《せ》かすない。やつらの頭数は三個らしい。ところが仲間割れかなんだか知らねえが、深夜の丁半が終わろうとしたとき、いきなり一人が上がりをわしづかみにしてとんずらこきやがったらしい。俺にたれこみやがったのが、その場に居合わせた旦那ってわけよ。とんずら野郎、芳松《よしまつ》って名で三十がらみの野郎だ。市ケ谷で与太《よた》っていた野郎なら、顔を見りゃあ分かるかもしれねえ。もう見当はつけている。その仲間だったやつらもな」

「へーえ、芳松ねえ。それが四日前、市ケ谷八幡でのことってわけか」

「そうよ。考えてもみねえ。賭場荒らしにゃ命のやりとりがつきもんだ。芳松って野郎もあとを追う二人も、どこへ消えちまいやがったかその後の足取りがつかめねえ。

いまごろどっかで殺し合いをやってるかもしれねえ。三人とも遠いところでくたばっちまえばそれでいいんだが。そうでなきゃあ、どうせやつらのことだ。どっかで悪戯《わるさ》をしながら逃げたり追ったりしてるはずだ」

「そういうことか。つまり、おととい栄屋さんに押し入ったのが、そいつらかもしれねえと？」

「そうよ。それが俺の縄張内とあっちゃ捨てておけねえ」

「あんたの沽券《こけん》に関わるってことか」

「そう直截《ちょくさい》に言うねえ。で、おとといの話、賊は一人だったかい二人かい」

「見たわけじゃねえが、一人らしいよ。栄屋さんで訊いてみねえ」

「もちろんそうするさ。一人なら芳松ってえ逃げた野郎だ。さっきも言ったとおり、面はおよその見当をつけてるから、合ってるかどうか、おセイとやらに聞き込みを入れてみるぜ。塩町の枝道を入った台屋だったなあ」

源造は腰を上げ、

「もうこのあたりをうろつくような頓馬《とんま》な真似はしねえだろうが、まあ気をつけておいてくれ」

敷居をまたぎ、雪駄を引く音とともに足元の土ぼこりを街道のほうへ上げていった。

「まただ」

李之助は呟き、開け放したままの腰高障子を閉めた。

「うーん」

すり切れ畳に戻ると、呻《うめ》き声を上げた。いま聞いた年格好、

(間違いない)

李之助はたとえ瞬間的な影であっても、その特徴を見過ごすことはない。だが、いまは何もすることができない。漠然と、事態がどう推移するか、時間のながれを李之助はただ待った。

「ねえねえ。源造さんて、おとといのこと、どこで聞いたんでしょうねえ」

おミネが訊きにではなく、知らせに来た。清次に言われたようだ。源造は栄屋に行ったが被害は軽微《けいび》で賊の顔は暗くて見ておらず、だが感じとしては源造の言った芳松とやらに近いとの、曖昧な証言しか得られなかったようだ。だが不機嫌そうではなかったのは、藤兵衛が気を利かせ普段よりは重いおひねりを包んだからであろう。清次の居酒屋の暖簾を頭で分けたのは、聞き込みではなく単に昼めしのためだけだったようで、志乃やおミネにようすを訊くことはなかった。だからおセイとあの芳松らしき男との奇妙なやりとりは、源造の耳には入っていない。聞き込みを入れたとしても、

志乃は話さなかったろう。杢之助と清次、それに藤兵衛の思いがどこにあるか十分に心得ているのだ。

「源造さんは腹ごしらえを終え」

さきほど塩町のほうへ向かったという。

杢之助はふたたび待った。

(おセイさんは来る。それも切羽詰ったようすで)

さきほどとは違い、いまは確信に近いものを感じている。できれば源造が〝芳松〟なる名を出したときのおセイの反応を、向後の判断材料のため直接見てみたいとの念にも駆られる。だがそのようすは、源造自身が知らせてくれた。

「やはり芳松って野郎に違えねえ」

と、帰りにふたたび左門町の木戸番小屋の腰高障子を開けたのだ。三和土に踏み入ると、

「じゃまだぜ、こんなのは」

と、自分で荒物をおしのけ、

「やつはもうどっかへずらかってやがるだろうが、あとの二人が四ツ谷左門町で一人働きの帳場泥棒があったって聞きつけりゃよう」

言いながら腰を据え、

「このあたりをうろつき始めるかもしれねえ。八九三者なんざ穀潰《ごくつぶ》しみてえなもんだが、てめえらが飯の種の賭場を荒らされたとなりゃあ、それこそ執念深くならあ。それが仲間内ならなおさらだ。草の根を分けても探し出し、五体切り刻むだろうよ」

また荒物の奥の杢之助に身をよじった。そのとおりなのだ。博徒《ばくと》が自分の賭場を荒らされ、しかもそれが仲間とあっては同業に嗤《わら》われ、二度と賭場が開けなくなる。是が非でもその芳松とやらを血祭りに上げねば、自分たちに明日はないのだ。

「五体がどうのって穏やかじゃねえが、つまりあとの二人がこの界隈をうろつくかもしれねえから、見張っておれっていうことか。まるで五穀屋さん殺しの万太と千吉のときのようだなあ」

心中に込み上げる不安を隠し、杢之助は穏やかな口調をつくった。おセイが芳松なる帳場泥棒となんらかの関わりがあるとすれば、左門町がそやつらの諍《いさか》いの場ともなりかねない。町の平穏は乱される。

「いいや。それよりも始末が悪いぜ」

源造はさきほど来たときよりも熱を込め、眉毛を上下に動かしながらつづけた。

「つまりだ、芳松を追いかけている野郎二人は万太や千吉のような跳ね上がりのガキどもじゃねえ。どっちも芳松とおなじ三十がらみで、川向こうの深川《ふかがわ》で相当あくどいことをやってやがったらしい。そこを廻っている同心の旦那や、その手下《てか》の同業に聞きゃあ、闇で賭場の開帳どころか強請《ゆすり》や追い剝ぎ、誘拐《かどわかし》までやってたらしいや。それが内輪もめだかなんだか、仲間の穀潰し一人を簀《す》巻《ま》きにして大川（隅田川）へ投げ込み、それがきっかけでこれまでの悪戯《わるさ》もおもてになり、深川から消えやがった」

「それが市ケ谷にあらわれたってわけかい」

　杢之助の声は、まるで深夜に清次と話すときのように低くなっていた。

「そういうことだ。そのとんずらが三年前だ。市ケ谷に出てきやがったのは半年ほど前でなあ、そのあいだどこでどうしてやがったかは知らねえ。俺も万太と千吉の件で深川の同業に探りを入れ、ようやく知ったってわけだ」

「あんたもそんなのが縄張内の市ケ谷に入りこんでたとは、危ねえとこだったなあ」

「そうよ。それが分かったのも万太と千吉が跳ね上がってくれたおかげだ。五穀屋の旦那にはまったく気の毒なことをしてしまったが」

「もっともだ」

「ともかくあの二人、根っからの悪《わる》だぜ。生きる価値もねえどころか、生かして置いちゃならねえやつらだ。だからよ、おめえも万太と千吉のとき以上に腰を据えて見張っててくれ。あのときのように、ほれ、立ち回りは丸市の親方で、てめえは暗闇に突っ立っててただけってえんじゃ絵にならねえぜ」

「おっと源造さん。言葉が過ぎるぜ」

「ははは。そうじゃなかったのかい」

「そんなことじゃないさ」

「だったらなんでえ」

源造は身をよじったまま怪訝《けげん》そうな表情をつくり、杢之助の顔をのぞきこんだ。杢之助は低い声のままつづけた。

「なあ、この世に端《はな》から悪ってえ者はいねえぜ。まして生きる価値がねえやつなんてなあ。途中で道を間違って、他人《ひと》さまの邪魔になっちまうやつはいてもよ」

「だからよ、そんなやつらは生きてちゃならねえのよ。なあ、バンモク。俺ゃあおめえと問答しに来たんじゃねえ。ともかくやつら二人は奉行所から手配書も出てらあ」

「えっ、お手配者かい」

「そうよ。だからくだらねえ屁理屈こいてねえで、おもての清次旦那や手習い処の榊原の旦那にも相談するなりして、見張りの算段でもしろやい。ともかく左門町を中心に、忍原から麦ヤに塩町のほうまで、おめえに任したぜ。俺はこれから一帯の自身番に触れてまわってくらあ」

源造は腰をもとに戻した。

「おっと源造さん」

「なんでえ。まだなにか言いたいのかい」

「いや。さっきから深川をずらかったのは二人で、そこに賭場の上がりを持ち逃げした芳松ってのが出てこねえが、この男はいったいなんなんでえ。おおとい栄屋さんの帳場を荒らした奴はそいつかもしれねえんだろう?」

「そうよ。だから分からねえのよ」

源造はあらためて杢之助のほうへ身をよじった。

「俺の推測だがな、やつら二人は三年間あっちこっち逃げまわってた。そのときにどっかで引っ付きやがったのだろうよ。ほれ、よく言うだろ、類は類を呼ぶってよ」

「それがまた割れた?」

「そういうところだろう。芳松はなんらかの理由で深川からの二人とつるんでいるのが嫌になり、一泡吹かせてからとんずらと決めこみやがった」

「そういうことになるかなあ」

「そうとしか考えられねえ。それによ、芳松はそれほど悪に染まっちゃいねえと俺は見るぜ」

「どうして」

「へへ、おめえもやはり木戸番に過ぎねえなあ。あいつらの世界でよ、賭場荒らしがどんなに執念深く報復されるか知ってたら、たとえ仲間割れでもその場で上がりを引っつかんで逃げるなんて真似はできねえ。それをやりやがったってのは、つまりその世界を知らねえ、根は素人《とうしろう》ってことにならあ」

「ほう、なるほどなあ。それで帳場荒らしまでやって逃げるときに通行人にもぶっかっちまった」

「そんなとこだろうよ。女だからよかったが、相撲取りみてえな男だったら、てめえが弾き飛ばされてその場で御用よ」

「ま、頓馬なやつってことか。で、おセイさんはなんて？　顔は見てねえって言ってたがなあ」

杢之助はようやく問いを入れ、おセイへの防御をくり返した。ずいぶんとまわり道になってしまったが、そこが最も知りたいところなのだ。

「おう、それそれ。おセイめ、女だてらに包丁人などやってやがったが、とっさのことで顔は見ていねえ、なにも知らねえの一点張りだ。見てても、関わり合いになるのが恐くってそう言ってるのかもしれねえ。こっちにすりゃあ、どんな背丈だったかさえ分かりゃいいんだ。聞くと、それがぴたり一致だ。そやつが市ケ谷の賭場荒らしで、人殺しまでやった連中とつるんでいた芳松ってえ男だと話すと、驚いた顔になり、蒼ざめて震えだしやがった。いまさらながらに恐怖が湧いてきたんだろうよ」

「それだけだったかい」

「それだけって、おめえ、つまらねえことをみょうに詳しく訊きたがるなあ」

「訊きたいわけじゃない。ただ、知らないことを訊かれ、おセイさん当惑しただろうなあって。まあそれだけのことさ。そうそう、賭場荒らしと聞いておセイさん、それがどんなものか知っているのかなあ」

おセイは、

「――その人、どう、どうなるのですか！」

恐怖に顔を引きつらせ、源造に訊いたそうな。

「無理もねえ。深川の二人組が左門町での噂を聞き、おセイに聞き込みを入れねえとも限らねえからなあ。あっ、そうだ」

源造は思いついたように言う。

「こいつはいいや。来るかもしれねえぜ、おセイのところにだ。俺を倣《なら》って、一人働きの帳場泥棒の人相を聞きによ」

「その深川の二人がかい」

「そうよ。見張っててくれ。おめえだけじゃ頼りねえ。手習い処の旦那にも俺から頼んでおかあ。俺から手配の話を聞き、ふん縛ったとなりゃあお手柄だぜ」

「おまえさんもねえ」

「こきやがれ。ともかく世のため人のためと思いねえ」

「分かった。そういうことになろうかなあ、そんな二人なら」

「そうともよ。二人だけじゃねえ。芳松もだ」

「三人も、無理言うねえ」

「あはは、できればの話さ。俺はともかく手習い処に顔を出して、それからこの界隈の自身番に触れてまわっておかあ」

源造は腰を上げ、

「そうそう」

また敷居のところで振り返った。

「護《まも》ってやれや、左門町の住人だろ」

「おセイさんか」

「そう、おセイだ。来そうなのは極悪のあの二人だけじゃねえ。芳松もだ。おセイの居所を知りゃあ、顔を見られたと高飛びする前に口封じに来るかもしれねえ」

「あっ」

杢之助は声を上げた。これまで念頭になかったことだ。関わりの内容によっては、

（あり得ること）

なのだ。

「驚くねえ。なんなら八丁堀の旦那に頼んで奉行所の小者を一人か二人、この木戸番小屋にまわしてもらおうか。見張り役や使いっ走りには役に立つと思うがなあ」

源造は大まじめである。眉毛を小刻みに動かしている。

「い、いや。それには及ばねえ。榊原さまに頼んでおくからよ」

「そうかい。栄屋の一件が町の帳面に記載されていないことには俺も目をつむるが、おセイの近辺でなにか動きがあれば、八丁堀の旦那が手下《てか》をつれてこの番小屋を詰所に使いなさる。そう思っていてくれ」

「いやさ、源造さんよ」

「なんでえ」

ドキリとした胸中を杢之助は隠し、きびすを返しかけた源造を再度呼びとめた。

「大げさになればよ、せっかく網を張っても魚は逃げちまうぜ」

「分かってらい。だから栄屋のことは八丁堀の旦那にも報告せず、秘かにじゃねえ、穏やかに、そう、穏やかにだ。魚を餌に引っかけようってんじゃねえか。そこをよろしくおめえもわきまえていてくれ。極悪の二人を釣る餌が芳松なら、おセイはその芳松を釣る餌ってことにならあ」

八丁堀に対し、一人で手柄を立てたがっている。

「分かった」

「おう」

源造は雪駄の足元に土ぼこりを立てた。

「ふーっ」

杢之助は大きくため息を洩らした。

（市ケ谷から、万太や千吉に倍するヤマがこぼれ出てきやがったなあ）

源造が開け放しにしたままの腰高障子を閉めるのも忘れ、高鳴った心ノ臓の鼓動が収まるのを待った。町内の見知った顔が数人往還を行き来した。知らぬ顔の棒手振も通る。心ノ臓はしだいに収まってきた。それが瞬時、

「おっ」

高まった。

とっさに思った。

(芳松!)

縦縞の単衣を尻端折にし、頬かむりをして棹竹《さおだけ》の束を肩に乗せている。開け放しになっていた障子戸のすき間から見えたのだ。

(棹竹売り?)

の姿形《かたち》を扮《こしら》えている。しかし、あの体つきに腰つき……それにチラと見えた顔つきは、杢之助が慥《しか》と双眸《め》に収め、源造が語った人相に違いない。

立ちどまり、木戸番小屋のほうを見てためらっている。往来人が道や住人を尋ねるのは、おもに木戸番小屋である。杢之助は逸《はや》る気持ちを抑えた。おセイとはいかなる関わりがあるのか、それはまだ判らない。まさか源造の言ったように、おセイの口を封じようと……それで左門町へ所在を找《さが》しに……。

杢之助は気づかぬふりをして、源造が座っていたところに荒物をならべはじめた。

(ん?)

あきらめたのか、あるいは木戸番小屋に声を入れ藪蛇《やぶへび》になるのを恐れたか、腰高障子の前を通り過ぎ、木戸から街道へ出た。杢之助は下駄をつっかけ、外に出た。肩が見えた。間違いない。芳松だ。大木戸のほうへ向かっている。

「ちょいと出かけてくる。番小屋を頼む」

居酒屋の暖簾に顔を入れ、おミネに声をかけた。

「えっ、どこへ?」

もう杢之助はおミネの声を背に聞き、清次の顔が調理場からのぞいたのも感じた。

街道に往来人は多い。町駕籠に荷馬、大八車も出て土ぼこりを上げている。見失ってはならない。

五

尾《つ》けた。

左門町の木戸から西へ三丁（およそ三百米《メートル》）も進めば四ツ谷大木戸である。大木戸は江戸の出入り口ではあるが、江戸から各地を結ぶ本街道とあっては往来の物資も人も多く、役人が出ていちいち品改めや人改めをするわけにはいかない。大木戸が設けられたときには警備も厳重であったろうが、ずっと以前から自由往来となり、いまは石畳と両脇に突き出した石垣がのこり、大振りな番屋の建物には出役《しゅつやく》のときに使う突棒《つくぼう》や刺股《さすまた》、袖搦《そでがらみ》などが、往来人を威嚇《いかく》するように並べられている。必要が生じたとき、それらの設備は機能することになる。

尾けやすかった。相手が単なる着流しなら、小走りになって往来人の幾人かを追い越し目標の背を找《さが》さねばならないところ、長い棹竹が目印になってくれている。すぐに見つけ、あいだを縮めた。芳松は頰かぶりをしたまま、目を右に左に動かしているようだ。その視線の行く方向に杢之助は気を配った。三十がらみの女にばかり注意を向けているように感じられる。

(おセイを找している)

枝道の部分にさしかかれば、のぞきこむように歩をゆるめた。

大木戸を抜けた。

(似たことを考えやがる)

万太や千吉たちとである。江戸町奉行所の手が及ばないところに塒《ねぐら》を置く。だが、仲間に追われているのであれば、そのようなお上の管掌《かんしょう》の境界などまったく無意味で関係がない。どの街道のどこまで逃げようが、追う者は面子にかけて找し出し、簀巻きにして川か谷底へでも投げこまねば収まらないだろう。追う二人は、すでにそうしたことを深川でやっているのである。そやつらの名を源造は、

「――二見《ふたみ》の九助《きゅうすけ》とマシラの浅吉《あさきち》といってな、意気がって二つ名など取ってやがる野郎たちだ」

李之助に話し、手配書にあるというその人相も話した。

（二つ名を取るようなやつに、ロクな者はいねえ）

李之助はつねづね思っている。

二見の九助は伊勢志摩《いせしま》の出で、二見ケ浦の夫婦岩《めおといわ》に近い村で育ったというのが自慢らしく、面相は、

「――あはは、岩のようだと川向こうの同業は言ってたぜ」

と、源造は口をまげ嗤《わら》った。

もう一人のマシラとはサルであり、

「――樵《きこり》だったらしく木登り名人で、盗賊をやってやがったかもしれねえ。小柄で顔がさらに小さく、底の浅い面《つら》してやがるそうな」

底の浅いとはどんな面か見てみないと分からないが、源造が〝盗賊〟と言ったとき李之助はドキリとし、

（――許せぬ！）

同時に思ったものである。そやつが殺しまでしていまなお、源造の言う〝生かして

ちゃならねえ〟道を歩んでいることに対してである。

いま棹竹売りに扮《ふん》して前を歩いている芳松は、その二人に命を狙われている。

（それなのに、なんでこんなところでモタモタしてやがる）

ふたたび先の読めない事態に、杢之助は焦りの念にも似たものを感じながら歩を進めた。

「おっ」

芳松の背は馬糞や人足たちの汗が臭う街道筋から枝道にそれ、荒物問屋に入った。杢之助も木戸番小屋にならべている荒物は、その問屋からも仕入れている。芳松がそこへ入った理由はすぐ分かった。荒物の行商で日銭を稼いでいる者をその問屋は幾人か抱えている。芳松も頼んで棹竹の行商をさせてもらったのだろう。もちろん、頬かむりをして左門町の一帯を歩くためである。

問屋から出てきた芳松は手ぶらで頬かむりをしたまま、さらに裏道を進んだ。

（ほう、やはりな）

杢之助は胸中に呟《つぶや》いた。芳松の歩が進む先は、万太や千吉がしばしの塒にしていた木賃宿がならぶ一角である。

芳松は立ちどまり、周囲に視線を投げると素早くそのなかの一軒に入った。その塒を杢之助は確認すると、きびすを返した。

陽はまだ高い。

また清次が軒端の縁台に掛けて待っていた。夕刻への仕込みに入る前で、まだ暇な時分である。

やはり交わした言葉は一言か二言であった。清次は頷いていた。

その短い会話のなかに、

「おセイさんを」

杢之助は言った。

待つのである。

(きっと来る)

確信している。

新たに左門町に越してきた者がおれば、

『あんたさあ、困ったことがあったら木戸番さんに相談しなさいな』

左門町の住人なら誰でも言う。おそらく一膳飯屋のかみさんなど、すぐ近くだから その日のうちにも言ったことだろう。それに、町内で岡っ引や奉行所の動きを多少なりとも聞けるところといえば、木戸番小屋以外にはない。しかも杢之助はおセイにとって、おとといの夕暮れに芳松と変則的に出会った場に居合わせ、話を切り出しやすい相手でもあるのだ。

まだ陽はあるが、往来人の影が徐々に長くなってきている。

おセイが台屋の包丁仕事を終え、塩町から近道の裏手を通って左門町に帰るのは、おととい栄屋を訪ねたように、黄昏時《たそがれどき》をいくらかまわってからである。

やがて陽は落ち、左門町に人通りは絶え、街道にはちらほらと提燈の灯りが動くばかりとなった。

おもての居酒屋では、

「ご亭主。太一が呼びに来たが、なにか珍しい肴《さかな》でも入りましたかな」

手習い処の榊原真吾が、暖簾を上品に手で分けていた。杢之助の要請で、清次が呼びにやらせたのだ。言付《ことづ》けたとおり、腰には刀を帯びている。源造の見立てでは、おセイは不逞《ふてい》の輩《やから》どもを釣る〝餌〟である。芳松が屋台の蕎麦《そば》屋にでもなり、ふたたび出《で》張《ば》っておセイを見つけるかもしれない。内藤新宿の裏側では、そうした道具立てが簡単に用意できるのだ。

「これは榊原さま」

前掛に片側たすきの清次が、板場から顔をのぞかせた。不測の事態に備えてのことである。

木戸番小屋に、軽い下駄の音が聞こえた。近づく。おミネではない。

（来た）

胡坐《あぐら》のまま杢之助はすり切れ畳に身づくろいをした。

「木戸番さん、おいでてでしょうか」

声とともに腰高障子が動き、油皿の小さな炎が揺れた。

「入りなせえ。おとといはとんだ災難でございましたねえ。ともかくケガがなくてよござんした」

杢之助は誘い水を入れるように言い、すり切れ畳を手で示した。

「はい」

おセイは話しこむつもりで来たようだ。遠慮がちに腰を据えた。丸髷に簪《かんざし》もなく、茶色の着物に帯も濃い茶系統で地味なよそおいである。

さらにおセイが話しやすいように、杢之助のほうから口火を切った。

「きょう岡っ引の源造さん、そちらにも行ったでしょう。ここにも来ましたよ。おもての栄屋さんにもね」

「そ、そうなんですか、やはり。奉行所は、動くんでしょうか」

おセイは切り出した。杢之助はさらに誘い水を入れた。

「いや。栄屋さんは、被害は少なく自身番にも届けていないようで、源造さんもそれを了解しなすったようだ。でもねえ、おセイさん。おとといぶつかった相手、なにやら深い事情というか、込み入った背景がおありのようで」

「そ、それなんです」

おセイは身をよじり、杢之助のほうへなにかを訴えるように上体をかたむけた。源造が話した、二見の九助とマシラの浅吉、それに市ケ谷の賭場荒らしの件が、てきめんに効いているようだ。恐怖を、おセイに植え付けていたのだ。しかしおセイは、せり出した身をためらいがあるのかビクリと引いた。杢之助の言葉がそれを追った。

「芳松というそうだねえ、その男。源造さんが心配しなすってたよ。その者が、顔を見られたと思っておセイさんを狙ってるんじゃないか、と。儂にも気をつけていてくれと言ってねえ」

「えっ！　そこまでご存知⁉」

おセイは驚愕したように杢之助を見つめ、

「あの人が、あた、あたしを狙うなんて……」

芳松を〝あの人〟と言った。

「やはり、おセイさん。あんた、あのお人と面識が、というよりも、なにやら深い関わりがあるようだねえ。きょう、陽のある時分だったけど、その芳松とやらを見かけましたよ。この左門町の通りで、棹竹売りに変装してね。あんたを找しているような感じだったが」

「ええぇ！　こ、この町で⁉　で、芳、芳松はいまどこに！」

おセイはふたたび上体をせり出した。

（なにもかもおセイは話す）

感触がそこにあった。杢之助はつづけた。

「近くだよ、おセイさん。儂はあとを尾けてね、確かめましたさ」

「どこ、どこです！」

「その前におセイさん。岡っ引の源造さんから、あんたを護ってやってくれと頼まれている。立ち回りでもあれば大変だから、ほれ、噂には聞いているだろう。麦ヤ横丁の手習い処の師匠で、剣術の巧みな」

「榊原さま？」

「そう、その榊原さまにもね、いざというときには助っ人をお願いしているのだよ。

あんたを護ることは、町の平穏を護ることにもなるからね」

「町の平穏？　あたしを護ることが……」

おセイは復唱し、

「立ち回りなど、ありません」

明瞭な口調であった。言うと控えめに身を引き、

「あの人、芳松は、あたしの……あたしの亭主なんです」

「えぇえ！」

消え入るような声に杢之助の驚きの声が重なった。

「話してくれないかね。あんたは左門町の住人だ。みなで、悪いようにはしないよ。源造さんにも、儂からなんとかしようじゃないか」

おセイはかすかに頷いた。その口がふたたび動くのを、杢之助は静かに待った。外に気配を感じた。清次がようすを見に来たのだ。すぐに気配は去った。木戸番小屋の周囲に、異状はないようだ。

「はい、こうなればなにもかも」

おセイは身を横向きにしたかたちで視線を杢之助からそらせ、独り言のように話しだした。

外にはかすかに風の音が聞こえるばかりで、油皿の小さな炎がときおり揺れ、三和土に落ちるおセイの影がそれに合わせて動いている。声はいっそう消え入るようになった。

「芳松は日本橋に近い割烹《かっぽう》で、腕のいい包丁人でした。あたしはそこの住み込みの女中でした。そこであたしたち、女将《おかみ》さんも周囲も許す仲になり、あたしは仕事をやめ一緒に暮らすようになり、子もできました。女の子です。その子を育て、やがて小さくても自分たちの店を持とうと、その日を夢見ていました。ところが三年前です。その子が二歳のときでした。散歩に出かけ、あたしが目を離した瞬間、掘割《ほりわり》に水音を立て……」

「その子が、かい」

「はい。助けようととっさに飛び込みました。あたしは往来人にすくい上げられ、子も……」

「すくい上げられたが、すでに息はなかった……と」

李之助は自分のことのように声を絞り出した。

「はい。芳松は怒り、何度もなんどもあたしをぶちました。仕方ありません。すべてあたしが悪いのですから。何日も、幾日も、そのときの、あの人の叫びが、いまも耳を刺し、離れません」

「――返せ！　返せ！　おミヨを返せ！」

芳松は叫び、泣き、おセイを叩きつづけたという。

おセイは話しながら嗚咽《おえつ》していた。

「つづけなせえ」

杢之助はうながした。

「はい」

おセイは頷き、

「あたしは、ただ黙って耐えました。それからなんです。ほとんど呑まなかったお酒を、あの人は浴びるように呑みはじめました。探しました。一年間……。そして、不意にいなくなったのです。お店もやめていました。探しました。一年間……。探せばさがすほど、あの人の叫びが耳を刺し、それに、あたしも、ますますおミヨのことが思い出され、あのときの水音がいまも……」

おセイの嗚咽はとまらなくなった。

外に、また気配を感じた。往還に面した、櫺子窓《れんじまど》の外で見張りを兼ね、清次は聞いているようだ。

杢之助は櫺子窓にも聞こえる声でつづけた。

「おミヨちゃんというんだねえ、その子は。かわいい盛りだ。だが、死んだ子はどんなに念じても生き返りやせん」

「はい」

おセイは素直に頷いた。

「それが分かっていなされば、話は早い。いま肝心なのは、生きているあんたちのことだ。どうしなさる。いや、どうしたい」

「源造親分の話では、お仲間の賭場で不始末をし、いま追われているとか。そんな仲間に入ったのも、みんな……」

「おっと、自分を責めても、話は前に進みやせんぜ。儂の訊いているのは、あんたがどうしたいかってことで」

外の気配は消えたようだ。居酒屋も、早ければそろそろ客の絶える時分である。

淡い灯芯の灯りのなかに、話は途切れ途切れにつづいた。

「………」

「また、芳松どんと一緒に暮らしたい。……そうでござんすね」

「は、はい。まず、詫びて。でも、源造親分の話じゃ、追っている二人は相当な悪だとか……」

「そのようだ」

「…………」

「来なせえ」

李之助はすり切れ畳から腰を上げ、下駄をつっかけた。

一つの疑問が解けたのだ。進むべき道が見えてきたのである。

清次の居酒屋では、客は榊原真吾が一人、手持ちぶさたにしているだけで、志乃とおミネがあとかたづけにかかり、太一も最後の皿を洗っていた。

逃がしの掟

一

〝四ツ谷左門町〟と墨書された灯りが揺れている。左門町木戸番小屋の提燈《ちょうちん》だ。街道を西に向かっている。

大木戸にさしかかった。番屋に並べられている突棒《つくぼう》や刺股《さすまた》などの捕物道具はもう暗くて見えない。両脇からせり出している石垣のあいだの石畳に歩を踏むときも、杢之助の足元からは下駄の音が立たない。だが、石の感触は全身に伝わってくる。

心中に呟《つぶや》いた。

（そうかい。それでおまえさん、このあたりをうろついていたのかい）

石畳を抜けた。

内藤新宿の街筋は、日の入りを境に様相が一変する。さきほどまでの馬や荷駄人足たちの汗の臭いが宵闇とともにいずこかへ押しやられ、を張見世《はりみせ》に出てきた妓《おんな》たち百匁蠟燭《ひゃくめろうそく》の灯りが照らし出す。素見客《ひやかし》がそぞろ歩きに物色し、声をかける。妓は応《こた》え、吸いさしの長煙管《ながぎせる》を長襦袢《ながじゅばん》の袖口でそっと拭き、クルリとまわして差し出す。男は目尻を下げて一服吸い、交渉成立か手招きに応じて奥へ上がる。

そうしたそぞろ歩きの客を避けながら杢之助は進んだ。周囲の明るさに、手元の提燈の火が貧弱に見える。

「自儘《じまま》が過ぎるぜ。それで悪の道へなあ。そりゃあおまえさんが悪いぜ」

杢之助は呟き、枝道に入《へ》った。手元の提燈がふたたび明かりを取り戻す。歩を進めた。昼間、芳松を尾《つ》けたあの枝道だ。路地を曲がれば木賃宿がならぶ一角である。その一軒の下足番に、杢之助は声をかけた。

「泊り客を呼んでもらいたい」

手燭を持って出てきた下足番は、木戸番小屋の提燈を提げた訪《おとな》い人に怪訝な顔になったが、

「御用の筋じゃございんせん。包丁人の芳松さんに用事だ。外で待たしてもらいやす」

言うと、安心したように手燭の灯りは奥に消えた。

粗末な玄関口に黒い影がにじみ出てきた。緊張し、用心しているのが雰囲気からも

分かる。右手をふところに入れているのは、匕首《あいくち》を握っているのだろう。

「芳松さんですね。昼間、左門町に来られてすでにお見知りおきかと思うが、そこの木戸番人です」

杢之助は提燈を上にかざし、自分の顔を照らした。

「おぉ」

相手が二見の九助でもマシラの浅吉でもなかったことに、芳松は緊張を解いたようだ。ふところの手も外に出した。

「来なせえ、儂と一緒に。おセイさんはいま、左門町の住人になっておいでだ」

「えっ！　い、いまなんと言いなすった。お、おセイが？」

影が路地に一歩踏み出た。

「待っておいでさあ、左門町でね。さあ」

杢之助は提燈で自分の顔を照らしつづけ、うながすように路地の出口のほうへ身を向けた。

「どこ、どこだ」

さらに一歩、芳松は踏み出た。

「もちろん左門町でさあ。心配いりやせん。古着屋さんへの一人働き、あまり金にはならなかったようだねえ。自身番じゃ事件扱いにもなっておりやせん。だから、町へ来るのに棹竹売りの変装などいりやせんぜ」

李之助はニッと笑顔をつくり、

「さあ、ついてきなせい」

提燈を下げ、路地の出口のほうへ歩き出した。

「ううっ」

まだ躊躇の念があるようだ。迷いもあろう。李之助は背に、芳松がこわばった歩の運びでついてくるのを感じた。

枝道を過ぎ、ふたたび軒行灯《のきあんどん》や張見世の明かりに照らされるおもて通りに出た。酔《すい》客《きゃく》や嫖客《ひょうかく》の行き交うおもて通りでも、李之助の背は芳松のついてくるのを慥《しか》と捉えている。

一度だけ振り返った。芳松は警戒というよりも、怯《おび》えるように目を右へ左へと向けている。二見の九助やマシラの浅吉に出会わないか恐れているのだ。

大木戸の石畳に入った。抜けるとそこはもう夜の江戸府内である。さきほどの繁華な通りからの帰りか、広くて暗い空洞のようになった往還に提燈の火がチラホラと揺れるばかりで、他に明かりはない。

　杢之助は足元を照らし、

「おセイさん、案じていましたぜ」

「あ、あっしを……ですかい！」

　二人は肩をならべている。

「あ、。市ケ谷の件もござんしょう。ああいう連中は執念深いからねえ」

「えっ！　そ、それもご存知で⁉」

　芳松は一瞬足をとめ、目を周囲に走らせた。

「安心しなせえ。九助も浅吉も、芳松どんが内藤新宿に隠れ、女房どのが四ツ谷左門町に住んでいることまでは突きとめていますまいよ」

「えっ、そこまで⁉」

　こんどは驚愕のあまり足を棒立たせた。

「あはは、芳松どん。儂《わし》はねえ、それらが分かっているから、いまこうしてあんたを左門町に案内してるんでさあ。町の平穏を護るためにね」

「町の平穏？」

　芳松はおセイとおなじように問い返し、

「さようで。さあ、行きやしょう」

李之助に背を押され、ふたたび歩きだした。

「芳松どん」

「へえ」

〝町の平穏〟と言われてから、芳松は従順になった。

(乱していた)

自責の念があるのだろう。おセイの許を飛び出し、自棄から悪の仲間に入り、きょうまで、行くさきざきで……市ケ谷での賭場も左門町での栄屋の件も、そのながれの一環だった。

足は塩町を踏んでいる。

「この脇道の奥だ。おセイさんが働きに出ていなさるのは」

「おセイが!」

李之助が顎をしゃくった枝道に、思わず芳松は歩を向けようとした。

「おっと、いまは夜でさあ。そこの台屋でね、亭主仕込みの腕だといって、女ながらに包丁人をやってまさあ」

「ほ、包丁人を……おセイが」

その枝道の前を通り過ぎた。いまは小さな空洞でしかない。かなり前方に灯りが一つフラフラ揺れているのは、宿《しゆく》帰りの酔客であろうか。また闇に杢之助は低い声を這わせた。

「いい亭主を持ったと思いやすよ。おまえさんが不意に消えなすった理由《わけ》も、おセイさんから聞きやした。楽にしてやりなせえ、おセイさんを。話しながら、泣いておりやしたぜ」

「ううっ………」

左門町の木戸はもう目の前だ。清次の居酒屋に、雨戸はすでに閉めているが、細いすき間から明かりが一筋、洩れているのが見える。

「あそこでさあ」

その一筋を、杢之助は提燈の灯りで指し示した。

二

「――ありがとうございます、ありがとうございます」

清次の居酒屋で、おセイはもう何度言ったろうか。

（町のお人らがこれほど親身に……）

おセイはそのほうに驚愕している。

「――さあ、榊原さまもおいでです。二見の九助にマシラの浅吉でしたか、追いかけているっていう奴《の》は。そんなのが何人来ようが大丈夫ですよう、おセイさん」

志乃の言葉に榊原真吾は無言で頷き、清次も、

「――そのとおりだ。栄屋の藤兵衛旦那も、あんなことをするには、なにか深い事情でもあったんだろうって、逆に同情してなさってたからねえ」

「ううううっ」

おセイは嗚咽《おえつ》している。

木戸番小屋にも明かりがあるのは、おミネと太一である。留守番だ。杢之助がおセイを居酒屋にあずけ、ちょいと木戸番小屋を留守にすると言ったとき、

「――えっ、こんな時分に。だったらあたしと太一で番小屋を」

おミネは自分から言ったのだった。

杢之助が芳松をともない戻ってきて、

「おっ？」

木戸番小屋に明かりがあるのを見たとき、部屋の中では、

「おっ母ア、ここがこのままおいらたちの家だったらいいのにねえ」

「この子ったら」

太一が言ったのへ、おミネはほろ苦い気分で返していた。その思いの一端を、ささやかながらおミネも、

（杢さん、まだかなあ）

いま味わっている。

木戸番小屋のにぶい明かりに、杢之助の胸中はそれを感じ取っている。

「すまねえ、儂は……」

思わず呟《つぶや》いた杢之助に、

「えっ」

芳松は視線を向けた。

「いや、なんでもない。さあ、こっちの店のほうだ」

芳松をうながし、木戸の前を通り過ぎた。

店の中では、

「そろそろかな、杢之助どのは」

榊原真吾が言ったのへ、

「しっ、誰かが」

清次がすかさずつないだ。淡い灯りの店場に、緊張が走った。

——トントン
忍ぶような叩きかたである。こうしたときの合図を杢之助と定めているわけではないが、清次には相手が即座に分かった。

「ふむ」

真吾も頷いた。

「お連れしましたよ」

すき間から入ってきた低い声に、

「お待ちを」

志乃が板戸の小桟《こざる》を上げ、小さな潜《くぐ》り戸を横に引いた。部屋の明かりが往還にこぼれ出た。

「おセイ！　おセイ！」

芳松は前かがみで杢之助の脇をすり抜けるように屋内へ飛びこんだ。樽椅子を立ち固唾《かたず》を呑んでいたおセイは、

「おまえさん！」

杢之助はあたりに気配をさぐり、腰をかがめて中に入ると、

「外に異状はありません」

　うしろ手で潜り戸を閉めた。あくまでも二見の九助とマシラの浅吉への警戒はしておかねばならない。そうした類《たぐい》ほど世間の噂に敏《さと》いことを、杢之助は骨身に染みて知っている。

「これからということかな、杢之助どの」

　部屋の明かりのなかで腰を伸ばした杢之助に、榊原真吾は言った。

「はい。そうなるかと」

　杢之助は返した。真吾はその腰に視線を落とした。杢之助の腰が沈めば、必殺の足技が飛び出すことを真吾は知っている。

「す、すまぬ！　すまなかった。ただ、すまなかった、おセイ！」

「おまえさん。あたしこそ！」

　芳松とおセイは互いの肩をすがり合うようにつかんでいる。人目さえなければ二人は力一杯に抱き合い、互いの鼓動を慥《しか》と確かめ合うことだろう。かたわらでの会話が耳に入っているのかどうか……。

「清次さんからおおよそは聞いたが、この夫婦が安寧に暮らせるには……」

「いずれかへ逃がして、それで済むことではありやせん。二見とかマシラなどという類の者がこの世にいる限り、二人にそれは望めやせんでしょう」

「わたしもそのように……。二見の九助とマシラの浅吉ですか、わたしはまだ顔を知りませんが、むしろその者らが四ツ谷左門町で一人働きの帳場荒らしがあったことを嗅ぎつけ、向こうから出てきてくれたほうが手も打ちやすいのでは」

三人は言葉を交わしている。真吾は待つあいだ清次から概略を聞きながら、すでにその気になっていた。胸中には、杢之助がいつも言っている〝町の平穏〟がある。それに、互いに熱く詫《わ》び合う男と女を目の前にしては、いっそうその思いが強まったことであろう。

「あらあら、お茶が冷めてしまったみたい。熱燗つけましょうか」

志乃が戸惑ったように板場に身を引いた。

「わっ、暗い」

すぐに板場から出てきて手燭《てしょく》を手に取り、入りなおした。

「シッ」

杢之助が低い叱声をながした。外に気配を感じたのだ。

「清次旦那、火を消してくだせえ」

店場は暗くなり、灯りは志乃が板場に持って入った手燭のみとなった。板場なら外には洩れない。李之助は板場から裏手にまわり、外に出て木戸から顔だけを街道に出した。

いた。影が二つ。李之助は息を殺し、しばらく見つめた。

「ふむ」

頷き、店場に戻った。

「来やしたねえ。影が二つ、栄屋さんの前にたたずんでおりやしてね。場所を確かめていたのでしょう。儂の目と鼻の先を、大木戸のほうへ去って行きやした」

「えっ。あ、あの二人！」

言ったのは、すでに落ち着きを取り戻し、身をおセイと離していた芳松だった。

「おまえさん！」

「ははは、芳松さん、おぬしは運がいいのう。どうやらおなじ内藤新宿に潜んでいたようだ。一日伸びていたなら、ばったり顔を会わすところだったかもしれんぞ」

「え、え、え、え」

言葉にならない。芳松は呆然の態《てい》となった。

李之助や清次が予測したとおり、二見の九助とマシラの浅吉は街道にながれている噂を、適確にすくい取っていたようだ。だが、標的の芳松がいま、すぐ近くの居酒屋に来ていることには気づいていないはずである。

「さて、どう料《りょう》りますかな」

真吾に視線を向けられた杢之助は、

「さあて」

呻《うめ》きを返した。

三

一夜が明けた。といっても西の空が明るみかけただけで、まだ太陽は出ていない。

軽やかな下駄の音が聞こえ、

「太一、朝よー」

木戸番小屋の障子戸が外から開けられた。杢之助にはいつもの時刻で、身支度をととのえたところだった。

昨夜、芳松は夜更けてから外へ出るのに怯《おび》えた。内藤新宿の木賃宿に戻すわけにはいかない。顔がはっきり見える昼間はなお危険だ。芳松は真吾が手習い処につれて帰った。きょうの朝、手習い子たちは、

『わっ、そうじのおじさんが入ってらあ』

『台所もきれいになってる』

口々に言うことだろう。真吾の許なら、芳松の身は安全である。

おセイは、杢之助が夜の左門町の通りを長屋まで送っていった。拍子木を打ちながら木戸番小屋に戻ったとき、すでに木戸を閉める夜四ツ（およそ午後十時）をいくらかまわっていた。木戸は閉まっていた。清次が閉めたようだ。

太一は杢之助の掻巻《かいまき》にくるまって寝入っていた。以前ならおミネがそのまま抱きかかえて長屋に帰っていたのだが、もう十歳である。

「──そのままにしておきねえ」

杢之助は目を細めた。

「──んもお」

おミネは鼻を鳴らし、一人で長屋に引き揚げた。

それを朝、起こしに来たのだ。

「お、おミネさん。さっき寝返り打ってたぜ。ちょいと木戸を開けてくるよ」

太一はまだ寝ている。杢之助は外に出た。毎朝の豆腐屋や納豆売りが、すでに木戸の外に来ていた。長屋の路地にも釣瓶《つるべ》の音が聞こえる。これからいつもの喧騒が七厘の煙とともに始まる。

「さあて、幕は開けられたな」

朝の広い街道に出て、大きく伸びをした。昨夜から杢之助は、〝さあて〟が口癖になったようだ。

木戸番小屋に戻ると、おミネは太一を起こしすでに長屋へ戻っていた。蒲団も掻巻も板屛風の奥にたたみ込まれている。

「すまねえ、おミネさん」

呟《つぶや》き、

「さあて」

長屋で火種をもらうため、七厘をかかえふたたび敷居をまたいだ。ゴホン。煙につつまれた。

火種を持ち帰り、すり切れ畳に荒物をならべてからも、

「さあて」

また言った。一息つくよりも、緊張が込み上げてくる。二見の九助とマシラの浅吉は昨夜、栄屋の商舗を確認したはずだ。芳松の足取りがそこにあるのだ。

(やつら、きょうまたきっと来る)

その思いが、昨夜から脳裡を占めている。口癖はそのせいのようだ。

「おおう、杢さん。きょうは内藤新宿で稼いでくるぜ」

「はは、こんどは俺のほうがいい稼ぎになるよ」

角顔の松次郎に丸顔の竹五郎がつないだ。張見世に出る妓の長煙管は、嗜好品でも趣味の品でもなく、商売道具の必需品である。それも気前がよく需要も絶えず、竹五郎の彫った竹笹を、派手な中の質素な彫り物として気に入ってくれる妓がけっこういる。もちろん旅籠や飲食の店が多ければ、松次郎の鋳掛の仕事も多い。

「おぅう、稼いできねえ」

杢之助は街道まで出て声をかけ、二人とも新たな噂を耳にすることなく帰ってくるように進めるのは、

（至難の業だ、きょうかあすか）

身をブルルと引き締め、木戸番小屋に引き揚げた。

「おじちゃーん」

一度長屋に戻った太一の声が聞こえ、足音は木戸番小屋の前でとまった。おサヨが来るのを待っているのだ。

おサヨは清次の居酒屋の板場に入るのではなく、太一と一緒に街道を横切った。お

サヨの歩調に合わせているので、おミネはかえって安心して二人の小さな背を見守っている。

「さあ」

おミネは紅いたすきをグイと締めた。もう軒端の縁台には鉢巻姿の客が二人座っている。荷馬が一緒だから馬子であろう。暗いうちに在所を発ち、ようやく江戸府内に入った風情だ。おミネも志乃も、そうした客には茶を何杯も注ぎ足す。

きょう、志乃もおミネも、街道から目が離せない。

「——岩のようなご面相と、小さくて底の浅い顔だ。見かけたらすぐ木戸番小屋と手習い処へ」

朝一番に話した清次へ、

「——どんな顔？」

おミネは首をかしげたが、ともかく手習い処に走れば、師匠の榊原真吾は手習い中であっても即座に太一を源造の御箪笥町へ走らせるというのだ。きっと太一は大喜びするだろう。真吾が駈けつけるのを待ち、悪徳の二人が左門町を離れるまで尾行し、他の町の自身番に近いところで同時に捕らえ、駈けつけた源造に引き渡す。源造は大喜びでその自身番に悪徳の二人を拘束し、

『お手配の者二名、捕らえやした！』

使いを立てるか、あるいは自分が八丁堀に走るだろう。そうなれば大手柄である。奉行所の検分があっても、左門町の木戸番小屋が使われることはない。そのあいだにおセイと芳松を……。

九助と浅吉の調べが進めば、そこに芳松の名も浮かび、もう江戸には住めなくなるだろう。おセイとの関係もおもてになれば、おセイは八九三者で栄屋に帳場泥棒に入った男の女房ということになる。

いま芳松は手習い処にかくまわれ、おセイは普段どおり塩町の台屋に出ている。

「さあて」

また言い、ならび終えた荒物の奥に胡坐《あぐら》を組んだ。腰高障子は開け放している。もちろん、往来人が見えるようにである。聞いた人相が、岩のようなとか小さく浅いなどと曖昧《あいまい》であっても、杢之助は昨夜その影を見ている。昼間ではなおさら、その全体像を見落とすことはない。だが、この策は対手《あいて》の動きしだいであり、かなり杜撰《ずさん》だ。まかり間違えば、

(左門町が舞台になってしまう)

不安が杢之助の脳裡を走る。

来た。悪徳の二人である。街道から左門町の通りに入り、十数歩ほど離れたところから木戸番小屋へ視線を投げ、なにやら話している。

二人そろって木戸番小屋のほうへ顔を向けた。

「ふふっ」

杢之助は思わず吹き出した。離れていても、顔の判別はつく範囲だ。一人はなるほど大柄のゴツゴツと岩を連想させる面相で、それが二見の九助であろう。ならばもう一人の小柄なほうが、マシラの浅吉ということになる。なるほど二つ名のとおりすばしこそうに見え、顔も小さくて彫《ほり》が浅く能面のようだ。

(ふむ。あれが〝浅い〟顔というのか)

二人とも、

(これなら志乃さんもおミネさんも、一目で分かるだろう)

だが、

(まずい)

二人は離れ、岩の面相のほうが木戸番小屋に近づき、浅い顔のマシラの浅吉は木戸を街道に出た。岩のような面相で、九助は木戸番小屋に向かってくる。杢之助は荒物に視線を落とし、素知らぬ風をよそおった。

志乃もおミネも、二見の九助とマシラの浅吉がいま左門町の通りへ来ていることに気づいていない。気づくのは、小柄で彫の浅い浅吉が、縁台の前を通ったときであろう。二見の九助が木戸番の敷居にいま足をかけようとしているのは、帳場泥棒の噂の確認であろう。あわよくばとその人相も訊こうか。それなら浅い顔の浅吉は、間違いなく栄屋へ向かったことになる。うまく話をもちかけ、やはり人相を聞き出すのが目的であるはずだ。二人べつべつに聞き込みを入れるのは、一カ所でそろって顔を覚えられないためであろう。

（一応、用心はしているようだな）

杢之助は顔を上げた。まだ午前《ひるまえ》である。

懸念がわずかに、杢之助の脳裡を走った。もしいま、おミネか志乃が、

『杢さん、杢さん』

木戸番小屋に駈けこんできたならどうなる。さっき浅い顔を見て、この場で岩の面相を見たならアッと声を上げようか。あり得ることだ。二見の九助は危険を覚え、逃げ出すかもしれない。もしここで釣り逃がしたなら、もう二度と両名はこの地に現れないだろう。おセイと芳松は、このあとどこへ行こうと怯えつづけなければならなくなる。かといって捕らえようと木戸番小屋を飛び出し、追いつめて必殺の足技を衆目

に披露しようものなら、

「あの木戸番さんはいったい？」

噂を呼ぶことになる。それこそ身に降りかかる火の粉を払うどころか、みずから振りまくことになる。絶対に避けねばならない。

「あんた、ここの番太かね」

敷居をまたぎ、声をかけてきた面相に、
（ウフッ）
内心、笑うというより感心した。間近に見ると、ますます源造の言ったお手配書のとおりだ。声までそれにふさわしく、だみ声が源造に似ているといえば、

（源造さんに悪いか）

強面《こわもて》の九助の面相が、かえって張りつめた杢之助の心を和《なご》ませた。

「へい、さようで」

「ちっとばかし訊きたいんだがね」

「はいはい。道をお尋ねのお人、人を找《さが》してのお方、よくここへおいでになりますですよ」

杢之助はすり切れ畳の上で胡坐を組んだまま背中を丸め、愛想のいい老け役を演じ

ている。二見の九助は三和土に立ったまま、

「いやいや、道でも尋ね人でもねえが。一、三日前になろうかなあ。この町の街道筋で、一人で帳場ドロをやったってぇ太《ふて》え野郎がいるって聞いたんだが、ほんとかね。この町を歩くのに、ちょいと心配になったもんでね」

　強面のだみ声が言うのへ杢之助は嗤《わら》いを堪《こら》え、

「あ、それなら三日前だ。ほれ、ここのおもてで古着を商ってらっしゃる、栄屋さんでさあ」

「ほう、栄屋。で、どうなったい。おめえ、見なかったかい」

「見たよ、チラと。逃げるところをね」

「えっ！　ほんとかい」

　二見の九助は色めき一歩進み出ると腰をかがめ、すり切れ畳の荒物を急ぐように押しのけ、腰を据えた。

「聞かせてくんねえかい、どんなやつだったたい」

　杢之助のほうへ身をよじる。片足を膝に乗せるところなど、まさに源造の仕草と似ている。

「どんなやつだったと言われても、もう暗くなりかけてたもんでねえ」

「おう、違《ちげ》えねえ。帳場ドロなんてのは、ちょうどそんな時刻に入《へえ》るもんだ」

ポロッと本性を垣間見《かいまみ》せた。

「だがよ、見たんならどんな感じだったかぐらいは分かるだろ」

「あゝ、感じだけなら」

二見の九助はさらに上体を前にせり出した。

おミネも志乃も来ない。

(見過ごしたな)

杢之助は思った。いまはかえってそのほうが好都合だ。だが、下駄の音が聞こえた。

杢之助は瞬時ドキリとした。志乃だった。開け放したままの玄関口に顔をのぞかせた。

(九助！)

一瞬、悟った表情になったのを杢之助はとらえた。だがその顔を、二見の九助は見ていない。志乃は言った。

「あら木戸番さん、お客さんなのね。じゃあまたあとで来ます。お隣さんからもついでにって頼まれているのがありましてねえ」

くるりと身を返し、

「そうですかい。儂からお伺いしますさあ。それまで動かねえで待っていてくだせえ」

杢之助の声を背に、志乃は下駄の音をわざと大きく立てて遠ざかった。

予想したとおりだ。前を通るのは見過ごしたが、マシラの浅吉はいま栄屋に入っている。とっさの機転で、志乃はそれを杢之助に知らせたのだ。〝動かねえで〟などと杢之助も不自然な応え方をしたが、二見の九助はそこにも気づいたようすはない。だが、志乃は解した。下駄の音はその合図だった。

栄屋に入ったマシラの浅吉は、

「自分は薪《まき》運びの人足でして街道をいつも通っており、帳場泥棒の噂を聞いたのでやすが、人相を教えてくれませんか。見かければ番屋に知らせたいので」

と、鄭重に訊《たず》ねていた。小柄でその面も〝小さくて浅い〟。栄屋の藤兵衛も清次から事情を聞かされている。

（こやつ、マシラの浅吉）

気づき、すぐに手代を隣の居酒屋に走らせたのだ。

志乃は木戸番小屋から店に駈け戻った。まだ午前で客のいないのが幸いだった。

「杢さんが〝動かずに〟と」

清次に告げ、街道を横切った。さきほどおミネが手習い処へ向かったのだ。志乃が手習い処に着いたとき、ちょうど玄関から太一が飛び出してきた。

「待って！　もういいの。御箪笥町へ走らなくても」

「ええ、いいの？」

太一は不満そうな顔になった。

おミネと榊原真吾が玄関口から出てきた。

「杢さんが……」

志乃は話した。といっても、杢之助の言った〝動かずに〟だけである。真吾は、

「ほう」

得心したように頷いていたが、おミネは、

「どういうこと？」

狐につままれたような顔をしている。太一も、

「なあんだ、せっかく張り切ったのに」

真吾に背を押され、しおれた青菜のように手習い部屋へ戻った。

杢之助の脳裡に、一歩慎重な策が浮かんでいたのだ。

木戸番小屋の中である。

「とんだじゃまが入りました」

「そのようだな。で、番太さんよ、どんな感じの男だったい」

「まあ、薄暗いなかでやしたから……」

杢之助はなおも背を丸め、細身だから貧相にも見える。

「影が走っておりやしてね。かなりすばしっこくて、そうだねえ、年行きなら三十がらみか。あんたより小さいが、そう小柄でもありやせんでした」

「ほう」

二見の九助は乗ってきた。芳松の特徴そのものなのだ。

「で、この町の岡っ引はどうしてるね。これだけ噂になってるんだ。おまえさん、さっきの話、岡っ引にもしたろうなあ」

「もちろんでさあ。儂は木戸番ですぜ」

「それは分かってる。で、どうしてるよ、岡っ引は」

一方、栄屋では藤兵衛が、

「なにぶん明かりを入れる前でしてねえ。せっかく来てもらったのに、悪いが相手の顔は見ておりません。そうそう、年格好なら三十くらいだったでしょうかねえ。ともかくすばしこい男でしたよ。ま、被害金額は少なく済みましたがね」

それだけのことを聞くとマシラの浅吉はきびすを返し、街道へ出ると左門町の木戸のなかにチラと視線をながし、四ツ谷大木戸のほうへゆっくりと歩いて行った。

木戸番小屋の中ではまだつづいている。

「盗られた銭は少なく、岡っ引はたったそれだけかってつまらなそうに引き揚げて行きやしたよ。栄屋さんも面倒がって、自身番には報告しなさらなかったようで」

「そうかい、そうかい。その気持ち、分かるぜ」

「ですがね、儂は見たんでさあ」

「なにを」

二見の九助は戻しかけた上体をまた杢之助のほうにかたむけた。

「たぶん間違えねえと思いやすよ。そやつをこの町でね、きのう」

「な、なんだって！」

すり切れ畳へ上がり込まんばかりに九助は身をせり出し、

「詳しく話してくんな」

ふところから巾着を取り出し、一朱金をつまんで杢之助の前へ投げ置いた。清次の居酒屋でなら四、五人で飲み放題に騒げる額だ。

「へへへ」

杢之助は笑いを浮かべ、

「ここには来やせんでしたがね、この町の通りを入って行って、それで誰かに訊いたんでやしょうかねえ。速足でまた街道へ出て行き、あっしはすぐ確かめようと思って下駄をつっかけたんでさあ。向かいの麦ヤ横丁のほうへ入って行きやしたよ。ありゃあたぶん、知り人がそっちのほうにでもいなさるように感じやしたがねえ」

「尾《つ》けなかったのか」

「岡っ引の親分が捨てなすったヤマでやすよ。儂がなんで」

「ちぇ」

二見の九助が露骨に舌打ちしたのへ、

「へへへ、旦那。なんなら、找しやしょうか。どうせこの近くに決まってまさあ」

「できるか、それが」

「儂は木戸番ですぜ。隣町でも向かいの町でも、これこれこんな人を見かけませんでしたかいって訊いてまわっても、誰も怪しみませんや。ねえ、旦那」

杢之助は愛想笑いを浮かべながら九助を見つめた。

「うむっ。よし、分かった」

こんどは二朱を巾着からつまみ出し、

「ちゃんと知らせりゃ、さらに一分《いちぶ》出そうじゃねえか。その野郎がどこへ出入りしてるか分かりゃあ……」

二見の九助は知らせる場所を教えた。なんとそこは芳松が塒《ねぐら》を置いていた木賃宿と一筋違いの路地の、似たような安宿であった。一分といえば四朱であり、松次郎や竹五郎の四、五日分の稼ぎに相当する。貧相な木戸番小屋の番太郎が、飛びつかないはずはない。九助はそう確信している。

二見の九助は満足げに腰を上げ、おもてに出ると大木戸のほうへ向かった。浅吉の姿はもうとっくに消えている。やはり、左門町を離れ相手任せの場で二人まとめて捕物の活劇を演じる策には無理があったようだ。

いまごろ内藤新宿の木賃宿で二人は膝をまじえ、

「おう、成果はあったぜ。栄屋はどうだった」

「へえ、木戸の番太がねえ」

と、語り合っていることだろう。話す内容に一致点は多い。二人とも、左門町の木戸番人を利用することに、いっそうの自信を持ったであろう。

「ふふふ」

杢之助は、木戸番小屋で満足げに嗤《わら》いを浮かべた。だが、ぎこちない。決行への緊張が、込み上げてくるのだ。

四

手習いの終わる昼八ツ（およそ午後二時）を過ぎ、飲食の店では夕刻の仕込みまでまだいくぶんの間がある。左門町の木戸番小屋に、榊原真吾と清次の顔が見える。腰高障子は半開きで、二人とも荒物を脇によけ軽く腰を下ろしているだけとあっては通りがかりに立ち寄っただけのようで、そこで人の命に関わることが話されているなど、誰も想像しないだろう。

「そういうわけで、きょう夕刻に儂がもう一度、内藤新宿に足を運びます」

「それで杢之助さんが二人をつれ麦ヤ横丁へ入るのを見とどけると、太一を御簞笥町へ走らせます。栄屋さんの藤兵衛旦那への連絡もわたしから」

杢之助と清次が言ったのへ、

「うーむ。用意万端と言いたいところだが、宵闇の降りたなかで二人同時にとは、よほど俺と杢之助どのとの息が合っておらねばならぬなあ」

真吾は返し、

「生け捕りにするよりもそのほうが容易だが、本当にいいのか。生かしておけぬ輩《やから》とはいえ」

「源造さんに訊いてみてくだせえ。きっと、心の痛みは軽減されましょう。そればかりか、人を生かすことにもなるのです」

「うむ」

杢之助の言に、真吾は頷いていた。

また大きな下駄の音が響いた。半開きの腰高障子に、一膳飯屋のかみさんの顔がのぞいた。

「さっきから榊原さまとおもての清次旦那が、気になってたんですよう。また何かありましたのか」

「あはは。何かあったらこんなにのんびりしていませんよ、おかみさん」

清次が言いながら腰を上げ、

「ま、そういうことです」

真吾もつづいた。刀は帯びていない。いつもの気さくな着流しである。

「なんだ、ただの油売りですか。でも杢さんさあ、教えておくれよね。何かあったなら……あたしゃもうこの町が心配で心配で」

顔はすこしも心配そうではない。

「ありがたいよ、住人の皆さんがそう言ってくれるのが」

李之助の声を背に、三人は木戸番小屋の前から散った。すぐに、

「草鞋《わらじ》を三足ほどくんねえ」

街道をいつも通っている荷運び人足の男が入ってきた。丸市の若い人足だった。

「おうおう、往来人には気をつけなせえよ。とくに子供はなあ」

「へえ。親方からいつもそう言われてますよ」

言いながら人足は李之助から草鞋を受け取った。

人の影が長くなっている。

内藤新宿の木賃宿では、

「きょう来るかなあ」

「来なきゃ、あしたがあるぜ。ここまで来りゃあ、もう焦ることはねえ」

話していることだろう。

さきほど木戸番小屋に顔をのぞかせた松次郎と竹五郎は、

「――きょうもいい商いをさせてもらったぜ」

「――長煙管にも何本か彫を入れさせてもらったよ」

などと話し、湯屋へ行ったばかりである。その背を杢之助は見送り、

「さあて」

腰を上げた。

「ちょいと番小屋のほう、見ていてくだせえ」

清次の居酒屋に声を入れ、大木戸のほうへ向かった。ふところには木戸番小屋の提燈が折りたたまれている。板場で杢之助の声を聞いた太一が、

「おいら、留守番してこようか」

「いや。きょうはここにいろ。あとで用事があるから」

清次に言われ、

「ええ、またぁ。で、用事って？」

つまらなそうに流し台へ向きなおった。

杢之助が大木戸を抜け、そろそろ化粧直しを始めたおもて通りから枝道にそれ、木賃宿の路地に入ったころ陽は落ちた。

訪《おとな》いを入れると、

「おぉう。来たか、来たか。待ってたぜ」

と、二人ともすぐに出てきた。

「分かりやした、知り人の所在が」

「ほう、そうかい。こっちは俺の仲間だ」

名を言わず、二見の九助はマシラの浅吉を杢之助に引き合わせた。九助も、自分の名は言っていないのだ。杢之助は先刻承知だが、浅吉も間近に見ると、やはり〝浅い面〟が言い得て妙である。

「へえ、さようで。いまから案内しやすが、あのう―」

杢之助は手を出した。地味な単衣《ひとえ》を尻端折にして白足袋に下駄をはき、腰を曲げ背も前かがみにしている。まだ木戸番小屋の提燈を出していないから、どこかの下足番の爺さんのように見える。

「おっと約束はしたが、向こうの所在がはっきり分かってからだ、大枚一分《いちぶ》のお宝はなあ。文句は言わさねえぜ」

「ま、まあ。間違いはありやせんから」

杢之助は手を引っこめ、

「さあ、来てくだせえ。はやいとこ一分、お願いしますよ」

先に立って路地を出た。

おもて通りには白粉《おしろい》の香が立ちはじめ、ふたたび大木戸を抜けると、来るときはきょう一日の終わりを迎えて慌しく動いていた荷馬や大八車に人の影も、すっかり引いてまばらになっている。李之助は二人に挟まれ、前かがみに歩いている。

「おい。知り人ってえのは、やっぱりおめえとこの向かいの町かい」

「へえ。ケチな飲み屋で、そこにいまは入り込んでいるらしいんでさあ」

「らしいって、確実じゃねえのかい」

九助と李之助の話に浅吉が割りこんだ。

「ですからいま、案内してるんじゃねえですかい。お宝、ちゃんと頼みますよ」

「おうおう、分かってらあ。だから、まずは確かめてからだ」

二見の九助はふところを叩いた。

暗さがしだいに増してくる。

「野郎が帳場ドロしやがったのも、この時分だったかい」

「いや、もうすこし黄昏《たそがれ》ていたかと」

マシラの浅吉に李之助は応えた。

麦ヤ横丁はもう目の前だ。向かいは左門町の木戸に清次の居酒屋である。

「ちょいと提燈に火をもらってきまさあ」

李之助は清次の居酒屋に走って提燈に火を入れ、すぐに駈け戻ってきた。

「おめえ、提燈、持ってたのかい。用意がいいなあ」

「おっ。それよ、番小屋の提燈じゃねえか。町名が書いてあるぜ」

「そりゃあ、あっしは木戸番人ですから」

「ははは。俺たちが木戸番の提燈に案内されて人を尋ねるなんざ、これまでなかったことだぜ」

愉快そうに小柄の浅吉が言った。だが二人の心中は、

（芳松め、どのように息の根をとめてくれようか）

（なぶり殺しにするか）

互いに算段しあっているのが、杢之助には感じ取れる。二人の身から、言いようのない残忍な雰囲気が伝わってくるのだ。

歩は麦ヤ横丁の通りを踏んでいる。ここも左門町とおなじで、日の入りとともに往来人はほとんどいなくなる。

居酒屋の板場では、

「一坊。さあ、行け」

「行けって、どこへ？」

清次が言ったのへ、太一は目を輝かせて立ち上がった。

「ほれ、昼間の用事だ。御箪笥町の源造さんを呼んできな」

「いまから？　うん、分かった」

太一が店場に出ると、

「これを持って。気をつけて！」

おミネが提燈に火を入れ渡した。

「行ってくらあーっ」

太一はぶら提燈を手に街道へ飛び出した。

「なんだい、ありゃあ」

店にいた職人風の客が驚いている。

みるみる提燈の灯りは街道の東方向に小さくなった。

「こっちの枝道でございやすよ」

ゆっくりした口調で、杢之助の提燈が二人を先導している。

「おう」

二人は応じた。その枝道を少し入れば、榊原真吾の手習い処である。往還に人通りはなく、闇は一歩ごとに深まり、杢之助の持つ提燈の灯りがそれだけ明るさを増してくる。

街道では太一の持つ提燈が同様に存在を強調しはじめ、激しく揺れている。走りながら、

「こんなもん、じゃま、なんだが」

激しい息とともに言ったが、夜更けてから往還を明かりなしで走れば怪しまれる。

だが行き先が岡っ引の源造の家とあっては、誰に呼びとめられ詰問されても安心して答えられる。

麦ヤ横丁の脇道で、提燈の灯りはゆっくりと進んでいる。

「おっとっと」

杢之助はつまずいた振りをし、手習い処の腰高障子に肩で音を立てた。

「おっ、大丈夫かい」

とっさにマシラの浅吉が杢之助を支えた。やはり元樵《きこり》か、

（こやつ、油断ならぬ）

動作が機敏だった。

「ごめんなさって。ついつまずきやして」

杢之助は夜にしては大きな声を、閉まっている腰高障子に投げた。反応はない。

「無人みてえだぜ」

九助は言ったが、杢之助は屋内に反応のあったのを感じ取っていた。

通り過ぎた。脇道をまた曲がった。北方向に進んでいる。

手習い処の腰高障子が動き、榊原真吾が出てきた。着流しを尻端折にし、腰には大小を帯びている。灯りは持っていない。すでに杢之助の提燈の火は見えなくなっているが、案ずることはない。行き先は分かっているのだ。

町家はなくなり、微禄の旗本たちが住まう武家地となった。往還の両脇は白壁ではなく、板塀がつづいている。昼でも人通りはなく、夜はなおさらである。ただ、闇と静寂があるのみだ。

「おい、間違えねえだろうな。こんなところに飲み屋があるのか」

「へへ、この先がちょいと町家になっていて、足軽や中間《ちゅうげん》さんたちを相手にした飲み屋なんでさあ」

「ふむ、なるほど」

二人は納得したように頷いた。武家地にはいつもほぼ決まった場所に屋台のおでん屋や蕎麦屋が出る。日暮れてから足軽や中間たちがこっそり屋敷を出て、わずかな自分の時間を満喫するのだ。武家地に隣接する町家では、そうした小さな常店《じょうみせ》が少なくない。時には歴とした武士が来て町家の気分に浸《ひた》っている。

（お出《い》でだな）

李之助は背後に人の尾《つ》いたのを感じた。真吾である。十数歩の至近距離のようだ。草鞋の紐をきつく結んだか、気配だけで足音はしない。振り向いても、板塀では影すら見えないだろう。

「――あのあたりがよかろう」

きょう昼間、木戸番小屋で真吾と李之助が息を合わせて選んだ場所である。武家地だが、往還で武家に関わりがない事件なら、町奉行所の手の者が出張ってきても、真夜中でない限り、辻番小屋も旗本を管掌《かんしょう》する目付《めつけ》も見て見ぬ振りをする。

「まだかい」

二見の九助がまた訊いた。あたりの静かさに合わせたか、押し殺すような声になっている。二人の足音ばかりが聞こえ、李之助の下駄に音はない。そこに九助も浅吉も気づいていない。

「へえ、すぐです。そこを曲がったところ、小さな町家がありまさあ」

李之助は応えた。曲がれば往還は板塀のつづく武家屋敷に片側は全徳寺《ぜんとくじ》の土壁となり、いっそう静かで人の息遣《いきづか》いのない一画となる。

（おめえさんら、同情するぜ）

李之助は歩を踏みながら思った。

（生かしておいちゃならねえ道に入ってよう、さらに罪業《ざいごう》を重ねようなんざ）

言い知れない思いが込み上げてくる。万太と千吉には覚えなかった感覚である。

李之助はうながすように提燈を前面にかざした。

「町家？　そんな気配はないがなあ」

山椒《さんしょう》は小粒か、マシラの浅吉が前方を曲がっても町家のありそうにないことへ気づいた。

「ははは、武家地に囲まれた町家なんざ、四六時中逼塞《ひっそく》してるもんでさあ」

「分かるぜ。俺たちが昼間は息を殺しているようによう」

李之助の言葉に二見の九助が応じ、

「さあ、こっちで」

李之助は提燈をさらにかざし、曲がった。

「その先、進んだところ」

先頭に立ち、二人はつづいた。

だが、

「ん？　これは」

町家はない。いっそう不気味な暗い空洞である。

「おめえ？」

マシラの浅吉につづき、二見の九助もようやく疑念を持った。その刹那《せつな》だった。二人は背後に人の足音を聞いた。走っている。真吾だ。杢之助は提燈を大柄な九助のほうにかざそうとした。手違いが生じた。

「――同時にです。影の大きいほうを榊原さまが殺《や》っておくんなさいまし。小さいほうは儂が……」

杢之助は言ったのだ。木戸番小屋での算段である。理に適っている。提燈ひとつの明かりのなかへ走り込んで打ち込むには、標的の大きいほうが狙いやすい。足のまわし蹴りは小さいほうが瞬間技《わざ》をかけやすい。真吾は同意した。だが、浅吉の敏捷さは予想外であった。

「おおっ」

声を上げたのは二見の九助だった。狼狽している。マシラの浅吉は無言で地を蹴りその場から飛翔した。とっさの判断である。杢之助は提燈を小柄な浅吉のほうへ向けた。真吾の身はそれに合わせた。提燈の明かりに飛びこみざま、飛翔する浅吉の身に

素っ破抜きをかけた。鈍い肉片を斬る音に骨の砕ける音が混じり、

「ウグッ」

呻き声がつづいた。足を切断したのだ。だが、すでに浅吉の両手は全徳寺の土壁の尾根瓦にかかり、全身が回転しはじめていた。その身は足首を切断されたまま回転をつづけ闇へ滲むように見えなくなった。

「やや、野郎!」

往還の九助は狼狽のなかにもふところの匕首を抜いていた。杢之助の身が提燈を持ったまま思い出したように九助へ向きなおった。だが、刃物を手に身構えた者への足技は危険だ。不意打ちでなければならないのだ。躊躇の念が杢之助の背に走った。

——バサッ
土壁の中に物体の落ちる音がした。同時に往還にも、

「ひーっ」

九助は悲鳴とともに一歩飛び下がった。浅吉の足首が落ちてきたのだ。血に染まっているのが提燈の明かりに見て取れる。

「ううううっ」

壁の中から呻き声が聞こえる。浅吉であろう。すぐに途絶えた。大柄な九助の身は

刃物を構える体勢ではない。恐怖に引きつっている。杢之助はそこを見逃さなかった。浅吉の足首を飛び越えるように飛翔し、右足を回転させ打ち込んだ。だが、片足を地につけ、軸にしての必殺技ではない。あまり上がらず九助の脾腹に肉片を打つ鈍い音を立てた。

「うぐっ」

九助は呻きとともに倒れこんだが、すぐに身を苦しそうに曲げたまま起き上がろうとする。

「い、いったい、これは」

声を絞り出し、逃げ腰になっている。杢之助が提燈を持ったまま腰を落とした。二度目の打ち込みである。その横に風が走った。

「任せよ！」

真吾だ。

「ぐっ」

ふたたび九助は呻きを発するなり、なぎ倒されるように地表に音を立てた。動かなかった。真吾の刃《やいば》に、胸から首筋を斬り裂かれている。

「即死のようですな」

李之助は提燈の灯りを近づけた。血が地面に広がっているのが見える。

物音に、近くの武家屋敷の冠木門《かぶきもん》が開いた。中間のようだ。

「おおおっ」

声を上げた。あるじらしい着流しの武士も出てきた。その数が増える。

「これは!」

一様に立ちすくむそれらに李之助は提燈をかざし、

「左門町の木戸番人でございます。賊を見つけ、町のご浪人さまの手を借りここまで追いつめ、かかる仕儀になったしだいでございます。すぐに奉行所の手の者に知らせまするゆえ」

あくまで町家の事件であることを強調した。出てきた武家屋敷の者たちは頷きを示していた。

「ならば榊原さま。お見張りを」

〝四ツ谷左門町〟と墨書された提燈を真吾に手渡し、

「相分かった」

言葉を背に聞き、来た道を取って返した。李之助なら、灯りを持たずとも支障はない。

五

「おじさーん。源造おじさーんっ」

息せき切り、太一は源造の小間物屋の雨戸を叩いた。源造はすぐに出てきた。近所の者も何事かと雨戸のすき間から顔をのぞかせる。それらの見守るなかに、

「なに！バンモクと榊原の旦那が！」

半纏を引っかけ盲縞《めくらじま》の筒袖《つつそで》を尻端折に草鞋《わらじ》の紐をきつく結び、

「案内しろい」

「うん」

走る灯りは二つになった。源造は御用提燈とおなじ、持った手に安定する弓張《ゆみばり》提燈を握っている。

闇の街道に激しく揺れる。まだ町々の木戸が閉まる前の時刻である。宿《しゅく》帰りの酔客か、街道にときおりぶら提燈の灯りが揺らいでいる。激しく上下する二つの灯りに驚いたか怖れるように脇へ避ける。

清次の居酒屋では軒提燈と暖簾はすでに下ろされ、半分開けた雨戸のすき間から明

かりが洩れている。

「どこだ！　どこですかい！　やつらは！」

その雨戸を蹴破るように引き開け、源造は店場に飛び込みざま言う。源造によくついてきた太一も走り込み、待っていたおミネに抱きかかえられた。

「まあまあ源造さん、冷たい水を用意してあります」

志乃が水を入れた椀を差し出した。それには目もくれず源造は樽椅子から立ち上がった清次に、

「バンモクに榊原の旦那がついてるって？　なら安心だ！　で、いまは！」

息せき切って言う。

「はい。慥《しか》とついておいでです。向かいの麦ヤ横丁のほうへ入って行ったので、わたしもすぐ街道を横切ってみたのですが、どこにも見当たりません。それで太一を御箪笥町に」

「うむ。なぜもっと早く……」

源造は言いかけ、それが無理なことを悟ったか、

「俺、行ってみるぜ」

弓張提燈の柄に力を入れた。

「まあまあ源造親分、外は真っ暗で李之助さんたちがまだ麦ヤ横丁とは限りません。そこを抜けて別の町に行ったか武家地に入ったか……。先は広うございます」

「武家地？」

「はい。麦ヤのすぐ北側は武家地で大名屋敷もあります。李之助さんからここへなんらかの連絡が……」

「うーむ」

源造が立ったまま椀の水を一気に飲んだ。口からこぼれている。手でぬぐおうとしたところへ、開け放したままの雨戸に大きな音が立った。

「おおおっ、源造さん！　来てなすったか」

李之助だ。雨戸につかまり、

「捕まえ、捕まえやしたぜ！　榊原さまが！」

「なに！　案内しろ」

「こっち。奥の武家地だ！」

「武家地だと！」

李之助の言葉に源造は困惑した顔になり、ふたたび街道へ走り出た。

走りながら、

「死体でね、それもちょいとやっかいなことに」

走りながら杢之助は死体の一つが全徳寺の土塀の中に落ちたことを話した。

「な、なんでそんなことに」

「行けば分かりまさあ」

「うむ」

源造は急いだ。ふたたび弓張提燈が激しく揺れ、街道から麦ヤ横丁に入った。

現場に着いた。数名の者が出ている。さすがはいずれも武家屋敷の者か、騒ぎにはなっていない。

「おぉ、源造さん。待っていましたぞ」

四ツ谷左門町の提燈を持った真吾が迎え、源造の手際もよかった。かざした弓張提燈には〝御用〟の文字こそないものの〝四ツ谷　源造〟の太い書き込みが浮かび、形容《かたち》からも岡っ引と分かる。

「町家の者がこの地を穢《けが》して申しわけありやせん。用意がととのいしだい、死体は町家のほうへ運ばさせていただきやす」

源造の言葉に出てきていた武家の面々は頷いていた。榊原真吾がすでに事情を説明し、足首が一つ落ちていることも剣技の立場から状況を話したことであろう。武家は町家との面倒な関わりは避けたがるものである。

「じゃあ、あっしはちょいとお寺さんのほうへ」

源造は現場を真吾一人に任せたまま、全徳寺の山門に向かった。寺は寺社奉行の管掌であり、本来なら町奉行所の手の者が立ち入ることはできない。だが、岡っ引は奉行所の正規の役職ではない。いまはかえってそれが幸いしている。

お寺でも外の物音に気づき、寺男が境内《けいだい》に出ていた。手負いの賊が一人ころがり込んだことまでは気がついていなかった。話すと驚愕し寺僧も出てきて土壁の近くに行ってみると、

「ややっ」

寺僧は驚き、すぐに、

「死ねば仏です」

経を唱えはじめた。浅吉は均衡を崩したのであろう、首の骨を折っていた。やはり即死に近かったろうか。

「申しわけございやせん。即刻、運び出しやす」

源造は辞を低くした。斬った時点で死体となり、往還の土壁を穢しただけということで、寺は納得した。境内に死体がころがっていたとなれば、寺社奉行への報告から

検死、身許改めと煩雑な手続きが必要となる。岡っ引である源造の申し出は、寺にとってもありがたいこととなるのだ。

外はまだ人影が出ている。現場に駈けつけたのは源造だけである。杢之助はいなかった。途中から四ツ谷伝馬町の丸市に走ったのだ。死体運びの段取りである。

「左門町の木戸番さん、よございますとも」

不意の客に佐市郎は二つ返事で応じ、奥から若い人足を呼ぶとその場で大八車を出し現場に走った。このときばかりは、封印していた以前の速さを売りにした。意気込みと車輪の音でそれが分かる。死体を、市ケ谷八幡町の自身番に運ぶのだ。源造の発案である。そこであらためて検死と面体改めをする。名前はすぐに割れ、源造は出張ってきた同心に言うことであろう。

『へい、腕の立つ町内のご浪人さんに助っ人を頼み追いつめたのですが、抵抗しやがるものでついこの仕儀になりやした。なにぶん武家地だったもので、奉行所に迷惑がかかっちゃいけねえと思い、すぐに近くの町家から大八を調達し、八幡町に運んだ次第でございやす』

そこに左門町の木戸番人は出てこない。出せば源造の手柄は半減する。杢之助も清次の居酒屋から源造を案内し、その場所を教えるとき、

「——儂はもう足がもつれ、息も切れて」

「——そうかい、そうかい。また闇のなかで棒立ちしてたのかよ」

言ったのへ、源造は返したものである。

市ケ谷八幡の自身番で、同心は言うだろう。

『それは重畳《ちょうじょう》。四ツ谷も市ケ谷もおまえに預けておいて、俺も心強いぞ』

佐市郎の大八車が全徳寺わきの現場に着いたのは、そろそろ木戸を閉める夜四ツ時分のころであった。木戸が閉まってから急ぎの大八車が走っていても、付き添っているのは弓張提燈を持った源造である。どこの自身番や木戸番小屋の前を通っても、

『ご苦労さまでございます』

声がかかることであろう。

杢之助は四ツ谷伝馬町の丸市から清次の居酒屋に帰っていた。おミネと太一は長屋に戻り、店の灯りのなかには清次と志乃が待っていた。

この日の夜、左門町にはもう一つの動きがあった。

芳松とおセイである。

手習い処に逼塞《ひっそく》していた芳松は、杢之助の腰高障子を打つ合図で真吾が外に出たあと、一人で街道の栄屋へ向かった。二見の九助もマシラの浅吉も、杢之助と真吾が尾けているのだから安心だ。清次の居酒屋の暖簾から、栄屋の裏手にまわる芳松を志乃が確認し、湯屋の裏手の長屋に向かった。

おセイは待っていた。

そのすぐあとである。栄屋の奥の部屋に、おセイと芳松がそろった。あるじの藤兵衛と手代に芳松は泣いて両手をつき、おセイも一緒に畳へ額《ひたい》をすりつけた。藤兵衛は言った。

「おまえさんに魔が射したのは、宿の支払いにも、その日口に入れるものにも困っていなさったからだろうねえ」

市ケ谷で賭場の上がりを掻っさらったものの、その額は少なかった。

(だから通りすがりのような帳場泥棒を……)

藤兵衛も、杢之助に清次も、そう解釈している。実際に、そうだったのだ。

「さあ、これを持っていきなさいよ。わたしからの餞別だと思ってくださいな」

芳松とおセイは驚きのあまり震えだした。手代が笑顔で金子《きんす》の包みを芳松のほうへ押しやり、ようやく受け取った。ふところに入れたとき、芳松の肩はなおも嗚咽に震えていた。

（反省しなすっている）

藤兵衛は慥《しか》と看《み》て取った。

二人の新たな動きは、その翌朝であった。


いつもの朝である。

「さあてと」

李之助の口ぐせはやわらかくなっていた。木戸を開け、豆腐屋や納豆売りが朝の声とともに入ってきた。それらが煙の充満しはじめた路地に入ってすぐだった。おセイが左門町の通りを歩いてきた。旅姿である。その場に膝まずこうとするのを、

「よしなせえ。大げさにされちゃ儂が困りまさあ。さあ、そのまま行きなせえ」

李之助は街道を顎《あご》でしゃくった。

おセイの顔は涙で濡れていた。これまでの、万感の思いが込み上げているのであろう。木戸の外まで出て、李之助は見送った。呟いた。

「夫婦そろえば、力は倍になりまさあね」

もちろんおセイに聞こえてはいない。だが、おセイは李之助の思いを背に感じ取っ

ていた。立ちどまり、そしてまた大木戸のほうへ進んだ。内藤新宿で、昨夜遅く木賃宿に戻った芳松が、やはり旅姿で通りに出て待っているはずである。二人がどこに行くか、それは知らない。

「──どこかの宿場町で、まだお江戸か上方にしかない台屋さんを、二人で始めるかもしれませんねえ」

昨夜、志乃は清次と杢之助に言っていた。

「杢之助さん」

不意に背後から声がした。藤兵衛だった。出たばかりの陽光を背に浴びている。その口が動いた。

「今度も、ありがとうよ」

「なにがで？」

杢之助は朝日に目をしばたかせた。

「なにがって、杢さん。わたしも、人の役に立たせてもらったじゃありませんか」

「あ、あゝ。そうでやしたねえ」

荷馬が大木戸のほうから江戸府内に入ってきた。街道はそろそろ朝の活気に満ちようとしている。このあと藤兵衛は湯屋裏の長屋と塩町の台屋に行き、あとの話をつけることになろう。

『おセイさんだがねえ、在所に急な用事があったとかで、わたしが勧めてけさ発たせました。後始末はすべてわたしが……』

左門町の筆頭町役が言うのである。実際に、一刻も早い旅立ちを勧めたのは藤兵衛である。

市ケ谷八幡町では、きょう朝から二体の面体改めがはじまる。土地の者は当然、同心に言うだろう。

『もう一人、仲間がいましたよ』

芳松である。同心は源造に探索を命じるかもしれない。どこからどう芳松とおセイが夫婦だったことが洩れるかしれない。帳場泥棒の噂も同心の耳に入り、源造がしぶしぶ同心を左門町に引き入れねばならなくなろうか。それこそ源造のためにも、早急に事件と左門町との関わりを消しておかねばならないのだ。

手習い処に来客があった。朝の早いうちである。市ケ谷八幡町の自身番の書役《かきやく》だった。奉行所の小者をつれた同心が、源造と一緒に全徳寺の往還に来ていた。現場検証だ。死因はすべて刀傷である。

「ほおう、さすがは」

同心は真吾の説明とその早業に感心していた。調書に記載されれば、与力から感謝の言葉も出ようか。

現場検証はすぐに終わった。手習いの始まる、朝五ツには間に合いそうな時間だった。真吾は浮かぬ顔だった。源造が一人残り、

「心配いりやせんよ、榊原の旦那。あの二人、今日中に無縁寺へ放り込み、あとは焼場で煙になりまさあ」

全徳寺のわきで、昇った陽光を受けながら立ち話になった。

「向後《こうご》の心配などしておらん。だがな、源造さん」

「なんですかい」

「あの二人、悪党には違いなかろう。だがな……」

真吾の表情に、やはり陽光とは逆に明るさはなかった。

「へえ」

「本当に、有無を言わさず殺してもいい者たちだったのだろうか」

「あははは。何をおっしゃるかと思えばそのようなこと。旦那はやつらのためにも善行を施しなすったんですよ。お分かりになりませんか」

「やつらのためにも?」

「そうでさあ。やつらは三年前、深川で仲間を殺し、奉行所だけじゃなく、その筋からも追われていたんですぜ。そんなのを生け捕って小伝馬町の牢屋敷へ送ってみなせえ。ああいった連中の手配は、牢の中にまで及んでいまさあ。命は三日と持ちやせんや。あしたかあさってにも牢内でなぶり殺しにされるのを、きのうの夜、お救いなすったのでさあ。それに、これははっきり言えますぜ。まっこと、世のため人のためでござんした。さあ旦那。あっしはまた市ケ谷に戻らねばなりやせん。手習い処のほう、もう始まる刻限では？」

源造は同心のあとを追うように全徳寺の土塀と武家屋敷の板塀に挟まれた往還を駈けて行った。

「あの二人のためにも、善行……か。成仏」

真吾は昨夜の現場に向かって合掌し、手習い処へきびすを返した。

「おじちゃーん」

太一の朝の声である。いつものように、手習い帳を振っている。木戸番小屋の前で立ちどまり、

「あ、来た、来た」

さらにその手を振った。おサヨである。不自由な足を引きながらも、

「太一ちゃーん」

急いでいる。居酒屋の洗い場に入るのではない。手には太一とおなじ手習い帳をひらひら舞わせている。

おミネに見守られながら、太一も左右にせわしなく目を配り、おサヨと大八車や荷馬の行き交う街道を横切った。

「もう、おサヨもすっかり慣れたようだな」

「そうみたい」

おミネと言葉を交わし、杢之助は木戸番小屋に戻った。

すぐだった。

(やはり来たか)

あの下駄の響きである。

「杢さん、杢さん!」

半開きの腰高障子が勢いよく開いた。すり切れ畳の上で、杢之助を構えた。

「おコマさんとこのおサヨちゃんだけどさあ、さっきも見かけたけど」

一膳飯屋のかみさんの口から出たのは、湯屋の裏手の長屋からおセイが突然いなく

なったことではなかった。

「通《かよ》ってるの、おもての居酒屋じゃなくて榊原さまの手習い処だったの？」

「あ、、そうだよ。知らなかったのかい」

「知らなかったのかじゃないよ。どうなってるのさあ」

「あはは」

杢之助は話しだした。

それは丸市の佐市郎が言い出したことだった。

「――おサヨの束脩《そくしゅう》（手習いの費用）を、わたしに出させてもらえまいか」

おコマは渋ったが、佐市郎の熱心さに折れた。太一は喜び、志乃とおミネは、

「――おコマさんへの想い……佐市郎さんの」

解釈している。

「ねえねえ、それでどうなるのさ」

「そりゃあ習字に算盤《そろばん》」

「そんなことじゃないよ。おコマさんと丸市の親方さあ」

一膳飯屋のかみさんも、直感したようだ。

『ねえねえ、大変、大変。知ってる？』

と、かみさんがまた下駄を響かせ、おセイが湯屋裏の長屋からいなくなったのを木戸番小屋へ話しに来るのは、昼の書き入れ時を終えたころになろうか。

源造はいまごろ、市ケ谷で無縁寺の手配などしていよう。昨夜、不意に死体を二体も持ち込まれた八幡町の自身番は、

「――また町の費消が……」

驚きよりも困惑したのではないか。そのあたりは源造も心得ている。迅速に事を進めているはずだ。

「このまま源造さん、しばらく左門町へ来なければいいのだが」

杢之助は呟いた。夕刻近くには、

「きょうも内藤新宿、稼がせてもらったよ」

「やっぱ長煙管は実入りがあっていいや」

と、鋳掛屋の松次郎と羅宇屋の竹五郎が帰ってくることであろう。

天保四年も秋をしだいに深く感じる候となっていた。

あとがき

　裁判員制度の導入が話題になっていたころ、いろいろ考えさせられるものがあった。人を裁くなど荷が重く絶対にやりたくないという気持ちと、ニュース報道で理不尽な殺人事件などを見たとき、断じて許せないという怒りから、積極的に裁判員になりたいと思う気持ちが交差した。「罪を憎んで人を憎まず」とはよく聞く言葉だが、これほどきれい事で曖昧な言葉はない。罪を犯すのは人であり、罪を裁くとは人そのものを裁くことではないか。だが、分かる気もする。今回、杢之助も岡っ引の源造も、心中にそれを感じるところとなるが、結末は大方の読者にご納得いただけるものと思う。そのうち私のところにも裁判員の通知が来ようか。そのとき「罪を憎んで人を憎まず」とはどういうことか、もう一度大いに考え大いに悩みたいと思っている。

　また、本編には交通事故が重要な鍵として出てくる。江戸時代にも交通事故があった？　奇異に思われる方もおられようが、確かにあった。江戸の人口が増え、大八車や早駕籠《はやかご》も増えれば、当然ぶつかったり轢《ひ》かれたりする事故は発生する。大八車に轢かれ、早駕籠にぶつかって顚倒し打ちどころが悪ければ命にも関わろう。

幕府は当初、交通事故にはさほど厳しい姿勢をとっていなかった。牛馬や車で人を負傷させたり死なせたりするのは、故意ではなくあくまで過失によるものと見なしていたからだ。だが吉宗《よしむね》が八代将軍に就いた享保《きょうほう》元年（一七一六）、享保の改革とともに過失でも人を傷つけたり死なせたりするのは罪がないとは言えないと判断し、通行人を死なせた場合は流罪《るざい》と定め、江戸市中に周知させた。こうした御掟《ごじょう》が出るのは、つまり当時すでに交通事故が多発していたからに他ならない。ところが一向に事故は減らず、罪科は年々厳しくなり、享保十三年（一七二八）には、大八車を牽いていた二人が十五歳の通行人（男）を轢き、被害者はそれが元で死去し、一人が死罪、もう一人が遠島という厳しい判決が下されたという記録がある。御掟で注意を促しているのに殺傷事故を起こすとは不届き千万ということであろう。そして吉宗将軍が主導し寛保《かんぽう》二年（一七四二）に完成した御定書《おさだめがき》百箇条で、車で人を死なせた場合は死罪、荷主は重過料、車引きの家主《いえぬし》は過料に連帯責任と明確に定められた。

杢之助が生きた天保時代は、この御定書よりおよそ九十年を経ているが、江戸市中で交通事故は珍しいものではなくなっていたと推測される。だからおミネが毎朝、左門町から街道を横切って向かいの麦ヤ横丁の手習い処へ走りこむ太一に「ほらほら気をつけて」と声をかけているのだ。また、本編では第一章と二章で一話、さらに第三章と四章でまた一話という構成になった。一章ごとに完結と思って読み始めて下さった読者には、一章と三章の終わりで「なんだ、続きか」と感じられたのではないか。二話とも短編では完結させられず、この点お詫びしたい。

第一章の「見ていた男」では、いつも神経鋭敏な李之助を「取り越し苦労」とたしなめている清次のほうが、荷運び屋の佐市郎への疑念を話すところから始まる。李之助もその気になり、調べていくと佐市郎には実際に御定書百箇条に触れる過去のあったことが判明する。それを隠そうと佐市郎は苦慮するが、そこにまた別の事件が発生し、事態は先の読めない複雑なものへと発展する。

第二章の「因果の行方」で佐市郎の身辺の問題は解決するが、そこに李之助は人の〝因果〟を痛感する。そのため佐市郎に同情すると同時に、新たな事件を起こした万太と千吉に対し、〝罪を憎んで人を憎まず〟の思いを抱《いだ》くところとなる。その思いは源造の胸中にもあった。李之助も清次も、事件は解決しても佐市郎が胸の中で〝針のムシロ〟から解放されないことにも思いを馳せ、事件は終了する。

第三章の「秘めた絆《きずな》」でも、九助と浅吉という二人の八九三《やくざ》者が登場する。それは前章の万太と千吉の若者二人とは異なった。李之助に〝人を憎まず〟の思いを感じさせない。源造もこの二人には〝生きてちゃならねえ〟と判断を下す。左門町のワケあり住人だったおセイと、二人に追われる亭主の芳松を救うためにも、李之助、清次、榊原真吾が悪党二人を葬る策を立てることとなる。

第四章の「逃がしの掟」で、李之助と真吾がその策を実行する。しかし手違いが生じた。現場に駈けつけた源造が、八方丸く収まる措置を取るが、それは縦割りの幕府行政のすき間を利用したものだった。この章の最後に一、二章の影の主人公であった佐市郎がふたたび登場し、ここに左門町を巻きこんだ二つの事件は解決を見ることになる。

話を冒頭の裁判員制度に戻すが、もし自分が裁判員になり、当たった事件が酔っ払い運転による過失致死だったなら、定められた範囲で最も重い罰を主張することになるかもしれない。その根拠は、交通事故は当事者だけでなく、社会的にも大きな損失だと思うからだ。天保に生きている李之助は、過去があるからこそ罪を憎み、みずから行動する当時の〝裁判員〟であったと言えるかもしれない。

喜安幸夫

平成二十二年　早春

特選時代小説

KOSAIDOBUNKO

木戸《きど》の因縁裁《いんねんさば》き

大江戸《おおえど》番太郎《ばんたろう》事件帳《じけんちょう》 十六

2010年5月1日　第1版第1刷

著者
喜安幸夫《きやすゆきお》

発行者
矢次　敏

発行所
廣済堂あかつき株式会社

〒105-0014 東京都港区芝3-4-13 幸和芝園ビル
電話◆03-3769-9208［編集部］03-3769-9209［販売部］Fax◆03-3769-9229［販売部］
振替00180-0-164137　http://www.kosaidoakatsuki.jp

印刷所・製本所
株式会社廣済堂

ISBN978-4-331-61397-9 C0193

廣済堂文庫
特選時代小説

北山悦史
辻占い源也斎 乱れ指南
男を欲しがる尼僧、女にしか興味を持てない女中娘……源也斎を訪ねる美女たちは、女の性を看破され、随喜の世界へと導かれて行く。

北山悦史
辻占い源也斎 ぬめり指南
女の性の悩みを体で感知する異能の持ち主・源也斎は、武士の妻、三味線の師匠など、悩み抱える女たちに性本来の悦びを与えてやる。

北山悦史
辻占い源也斎 悶え指南
源也斎はある日女の子の泣き声から、その母親の体の疼きと悩みを感知する。大店の妾だった母親は死んだ主人との性にとらわれていたのだ。

木村友馨
雛たちの寺
隠密廻り 朝寝坊起内
売れない読み本作家・朝寝坊起内と南町奉行所臨時廻り同心・鳥居平次郎は、江戸町奉行・根岸肥前守暗殺を狙う者の探索を命じられ……。

木村友馨
かたかげ
隠密廻り 朝寝坊起内
江戸市中にひと月四件の付け火が続いた。南町奉行・根岸肥前守鎮衛に命じられ、朝寝坊起内は鳥居平次郎とともに犯人探索に乗り出す。

木村友馨
利き男
隠密廻り 朝寝坊起内
尾張徳川家支藩の大老と付家老の連続暗殺事件が起き、起内は下手人を薩摩示現流の遣い手と目星をつけたが、さらに驚愕の新たな事実が！

喜安幸夫
木戸の闇裁き
大江戸番太郎事件帳㈠
江戸を騒がす悪党は闇に葬れ！ 四谷左門町の木戸番・杢之助。さまざまな事件に鮮やかな裁きを見せる男の知られざる過去とは……。

廣済堂文庫
特選時代小説

殺しの入れ札
大江戸番太郎事件帳㈡
喜安幸夫
己の過去を詮索する目を逃れて一時町から姿を消す杢之助だったが、再び町に戻り火付盗賊改方の役宅に巣食う鬼薊一家と死闘を繰り広げる。

木戸の裏始末
大江戸番太郎事件帳㈢
喜安幸夫
四谷一帯が火の海と化した！　左門町の周りで巻き起こる様々な事件を解決するため、凶悪非道の徒を追って、杢之助が疾駆する。

木戸の闇仕置
大江戸番太郎事件帳㈣
喜安幸夫
三十両という大金とともに消えた死体の謎！人知れず静かに生きたいという思いとは裏腹に、杢之助の下には次々と事件が持ち込まれる。

木戸の影裁き
大江戸番太郎事件帳㈤
喜安幸夫
内藤新宿の太宗寺に男女の変死体が！　杢之助は事件の裏に蠢く得体の知れないものの正体を暴き、町の平穏を守ろうとする。

木戸の隠れ裁き
大江戸番太郎事件帳㈥
喜安幸夫
質の悪い酔客にからまれ、誤って殺人を犯してしまう町娘の苦難を救う、木戸番・杢之助の見事な裁きとは⁉

木戸の闇走り
大江戸番太郎事件帳㈦
喜安幸夫
左門町の隣町・忍原横丁に越して来た医者・竹林斎。人徳もあり腕もいいこの医者の弱みにつけ込み脅迫する代脈を、杢之助が始末する。

木戸の無情剣
大江戸番太郎事件帳㈧
喜安幸夫
左門町の向かいの麦ヤ横丁に看板を出す三味線師匠・マツを強請っている男の正体を突き止めた杢之助は、浪人の真吾とともに男を始末する。